Deux cigarettes dans le noir

DU MÊME AUTEUR

Mauvais joueurs, Actes Sud junior, 2016
Dans ma tête, je m'appelle Alice, Stock, 2012

Julien
Dufresne-Lamy

Deux cigarettes dans le noir

ROMAN

Belfond

Belfond | un département **place des éditeurs**

place
des
éditeurs

J'aimais danser car j'avais peur de parler.

Pina Bausch

À Théo, sans qui je n'aurais pas connu Pina

Prologue

Il y a avec la danse une intrigue meurtrière.

La danse naît et meurt. Sur scène. Ce sont des gestes rapides, des gestes beaux et éphémères. La danse existe pour disparaître. Elle vit le temps d'un souffle, un instant de grâce. Elle ne parle que de ça, de secondes et de grands battements. Avec elle, la fin l'emporte toujours. Elle renaît, jamais identique, elle se réincarne quand le geste se retient, quand le mouvement s'épanouit.

Mais la danse cesse de vivre.

Elle meurt. À chaque fois.

Le corps s'abat, la lumière décline. La danse se retire à nous. Un salut. Une échappée. Comme un crime perpétuel. Sous nos yeux, un meurtre surprenant. Irréfléchi, involontaire.

La danse est un homicide soudain.

Lorsque j'étais petite, il m'arrivait de m'imaginer en bonne mère. Mais quand cela m'arrive, je rate.

J'échoue dès les premiers débuts. La naissance de l'enfant, foirée comme jamais. J'aurais dû m'y attendre.

C'est un vendredi soir. 23 heures sans histoire, je suis seule à l'appartement, le chaud au corps. Je m'occupe dans la cuisine, vêtue d'un vieux jogging sans élastique à cause de mon ventre lourd. Je bois une tisane pour diminuer ma migraine, en cherchant d'une main les coupons de réduction. C'est devenu un rite. J'en découpe quelques-uns, soigneusement, ceux qui me promettent 20 % sur les packs de lait. Les ciseaux chantournent pendant que la télé chante au loin. Ce soir, une émission de variétés, Dalida au micro, grosse voix de miel, robe de sequins. Quand elle accroche le refrain, l'enfant se met à presser. Des spasmes. Des coups de bébé genoux dans la poche.

La télé continue de siffler. Un défilé des chanteurs morts. Dassin, Berger, Polnareff c'est tout comme. Habituellement, j'aurais changé de chaîne. Habituellement, mon corps est le mien. À cet instant, les contractions débutent. Elles martèlent. Elles me font avancer vite. Les douleurs me font déguerpir, je ne fais pas taire Dalida, je ne ferme pas la porte derrière moi, j'oublie mon téléphone, j'oublie tout, culottes et carte Vitale. Je m'agrippe à l'ascenseur, les mains sur le ventre. Les rangées de boîtes aux lettres derrière moi, je passe les parterres des surfinias et des géraniums qui dépriment la cité. Je cherche la Clio et je ne préviens personne.

J'ai choisi une clinique naturelle pour l'accouchement. Depuis ma grossesse, je prends de vraies résolutions. J'ai commencé la méditation, j'achète des produits bio et je m'applique même à un régime. Pour lui qui n'existe pas encore, je change du tout au tout. Les médecins m'avaient informée de la date de naissance. La date du terme, ils avaient dit. J'avais retenu en mère consciencieuse. L'accouchement tomberait tout début août. Les retours des juillettistes, chassé-croisé noir, les premiers reportages sur l'achat des trousses, l'arrivée du petit gars.

Au lieu de ça, ça commence par la détresse de Dalida à l'aube de la canicule.

Sur le parking de la cité, je m'installe au volant, les douleurs ont diminué. Je sors du lot d'immeubles englués les uns aux autres et je prends la route. Très vite la culpabilité s'invite. Tout est ma faute. Je n'ai pas vu venir. Je suis bien trop désorganisée. J'aurais dû m'y prendre autrement, être accompagnée pour l'accouchement, appeler le samu, me faire aider. On me prend toujours de court, c'est ma façon personnelle de gérer. Chez moi, il n'y a pas de mousseux au frais pour l'invité-surprise. Je ne m'habille qu'à la date cerclée de rouge et le reste du temps j'enfile un jogging en battant la breloque.

Sur la route, j'essaie tant bien que mal de garder mon sang-froid. Les crampes réapparaissent à la sourde. Heureusement j'étais seule chez moi, les contractions auraient pu arriver dans mon discount. Rayon antiblattes. Rayon soutiens-gorge entourée de vieilles dames au regard rétréci. J'agis comme il faut, je me rassure. Je suis partie à temps, presque. Dans mon ventre, ça fait mal, ça assomme un peu, ça donne le tournis, il suffit de ne pas y penser. Il n'y a même pas eu de flaque à mon départ, ni même de fissure. Certaines femmes en ont, je l'ai lu. Je n'ai pas salopé le vieux lino du salon, la rupture de mes membranes s'est voulue franche. C'est tout moi.

Crispée sur le cuir, la douleur persiste. J'ai les jambes lourdes et le ventre qui hurle. C'est pire qu'une grosse appendicite. Je perds le contrôle, plus de feux rouges, de signaux, mon corps durcit. Il n'y a pas de circulation ce soir, les Parisiens sont partis dans le Luberon, ils nous laissent avaler leur pollution pour tout l'été alors je trace la route, comme une survivante. Je tourne au hasard. Plus de priorité à droite.

Entre deux spasmes, je fais le point sur ce qui m'attend. Bientôt, je serai mère. Je serai, responsable, à la tête d'une famille. La layette, les jouets, les couches lavables et mes pieds qui vont en baver. Je ne suis pas sûre de le vouloir. J'ignore si je vais savoir élever ce petit étranger. Et si ça ne me plaît pas ? Mais la voiture accélère. J'avance sur elle sans la voir. La silhouette est une petite ombre sur le trottoir. Elle fume. Le bout incandescent de sa cigarette l'éclaire au loin mais je ne la regarde pas. Elle s'engage vers la route. Vers moi. Elle est à ma merci, elle n'y pourra rien. Voilà. Je n'essaie même pas de freiner, c'est trop tard. Je la renverse. Cela n'émet aucun son. Un simple coup. Je ne distingue rien, pas de forme ni de couleur, je l'attrape tout entière avec mes kilos de tôle. J'entends seulement une vibration. L'onde de la fauche. Ma tête paraît sonnée, ailleurs, inconsciente, mais je ne ralentis pas. Je continue ma route parce que j'ai mal au ventre. J'ai si mal au ventre.

Il fallait voir comment.

— Allez-y, Clémentine, allez-y, c'est à vous.

Autour de mon lit, les blouses piaillent. Elles me parlent de quatre étapes. Elles m'encouragent à coups de phase active, énergie. Phase descente, vomissements. Dans la petite pièce écrue, ça compte les centimètres en tyrolien. Ça s'organise autour de moi, on parle de mon col alors que je ne porte pas de chemise.

Les blouses repartent de la chambre, je ne les distingue pas vraiment, des ongles vernis rouge moquette, une frange, mais elles n'ont pas de visage. L'accouchement, c'est tout au fond que ça se passe. Nez à nez avec soi. J'attends seule. L'équipe me surveille au loin comme une gamine hyperactive. Je reste des heures allongée, tordue, douloureuse, les doigts de pied sur le qui-vive, à renifler l'odeur de l'oreiller. J'en pique même un somme. Le bébé est encore à l'intérieur, peu pressé. Je rêve d'un triathlon. Moi sur la selle, lui sur le guidon, on remonte le col de la Bonette en moulinant. On transpire à fond mais on a l'air heureux.

Je me réveille humide, avec l'impression d'un grand trou noir. La douleur est toujours là. Régulière dans le bide, toutes les cent trente secondes, minutée à la bombe. Dehors, la nuit paraît floue. Comme une absence. Je demande à l'infirmière de garde depuis quand je suis là. L'horloge indique déjà 3 heures. Vous avez été admise il y a deux heures à peine. Vous êtes arrivée en paniquant. Vous étiez désorientée. Le travail était déjà avancé. Je la regarde sans la croire, convaincue d'être partie en fin de soirée. L'infirmière me rassure, l'adrénaline, ça peut faire oublier. J'essaie de me remémorer, la nuit, les contractions, les coupons de réduction, Dalida. J'essaie de me rappeler ce qu'il s'est réellement passé quand l'obstétricien entre. Il faut maintenant délivrer.

La nuit en scissures par la fenêtre, je m'engage dans le travail. Je suis les instructions du docteur à moustache, j'inspire, expire, je répète ce qu'il me dit. Puisque je suis seule, ici, on me demande qui je souhaite contacter. Je pense alors à Bruno, peinard dans son Poitou, je pense à ma mère à qui ça ferait tellement plaisir. Elle viendrait en trombe, boule hystérique maquillée en camion-citerne, des larmes dans tout l'étage. Je pense à ma seule amie Sandra. Je pense à la boulangère, à Bernard le chef de la CGT, au contrôleur du train, au patron de l'usine, à ma voisine, la nympho. Je suis tellement entourée dans la vie que je n'ai pas su répondre.

La nausée, le souffle, mon corps fonctionne en simultané. J'avance, je gémis, je pousse, l'accouchement est une négociation féroce avec son corps. La pente est raide, je suis déjà essoufflée. Ma bouche confond le bien et le mal, sans le vouloir j'injurie les deux sages-femmes de tous mes poumons. Elles me répondent que c'est normal. Quand on met bas, on peut cracher sur les gens, on a le droit, on peut être raciste ou désobligeant. Pour me soulager, l'anesthésiste propose de m'aider. Il m'offre plusieurs options, le ballon, le bain, la dose d'oxygène, ou même la piqûre. L'anesthésiste veut me faire taire mais je refuse. J'y arriverai. Les derniers efforts, les grandes respirations, les bras tendus, la vie qui naît, qui se hisse. L'obstétricien m'encourage de sa voix rhubarbe. J'exécute mais ça ne passe pas. Le docteur finit par intervenir, il prend de larges ciseaux et m'incise. Il coupe sur plusieurs centimètres à l'intérieur de moi. Un tunnel dans ma peau. Je continue le boulot, je fais descendre le diaphragme. La barre de soutien entre les mains, je relâche les muscles du plancher pelvien comme dans une maison. J'y suis presque, j'y suis presque, oui. Je ressens l'anneau de feu.

Dans la douleur finale, j'imagine mon bébé. Il aura bientôt un visage. Un corps à lui pour toujours. Je l'imagine mal, flou, en créature invertébrée, tête aux champignons, produit antibiotique. Un collage improvisé d'un soir où je n'ai pas enfanté, un soir où après la fête foraine j'ai simplement fait l'amour, comme d'habitude.

Le bébé est là. Tout en chair. Il a crié de lui-même, on me dit que c'est bon signe. Les sages-femmes aiment quand les bébés crient pour signifier qu'ils vivent. J'aperçois sa tête au loin, c'est une auréole, une image ronde et gommée qui s'avance vers moi. On le colle sur ma poitrine, à l'improviste, avant la pause jus de fruits. Mais moi, j'ai très soif. Une soif de chameau, une soif de loup, je vois des animaux partout. J'ai l'air épuisée alors on dépose le nourrisson dans un berceau translucide tapissé d'une couverture bleue.

On me donne à boire, l'obstétricien me sourit, il me dit qu'il craignait une prématurité, il repart, soulagé. Le bébé semble en bonne santé. Les blouses restent avec nous sans même nous regarder, elles s'affairent dans les coins de la chambre. J'aimerais bien pouvoir toucher mon bébé, j'ose pas demander, peut-être que j'ai pas le droit, peut-être qu'il y a des couvre-feux pour ça ?

Je le regarde recroquevillé dans sa bulle, il est à peine vrai. Une petite bouche plissée, un front festonné d'ombre, une peau fine. C'est un garçon, mais ça ne se voit pas. Je n'aurai pas à lui démêler les nœuds plus tard ni à lui acheter du maquillage, c'est du win-win cette histoire. En le dévisageant, je découvre son visage devant mes yeux, trait après trait. Cela me frappe brutalement, sa figure, sa silhouette en reconstitution, je revois cette femme à cigarette qui traverse devant moi. Sa nuque à terre dans le rétroviseur. Tous ces longs cheveux gris étalés sur la route.

Date de naissance : 30 juin.

Je viens d'être mère et assassin.

Après l'accouchement, il faut établir un lien avec le bébé. Peau à peau. C'est la phase intimité. Dans la pièce, on n'est que tous les deux, il ne me parle pas, il ne me regarde pas non plus, les oursons en peluche manquent sur la table, mon bébé est peut-être déçu. Pas de ballons de baudruche, personne en vue. Mais lui et moi, on s'écoute l'un et l'autre ne rien se dire.

Quand on pose l'enfant sur mon ventre, une sensation nouvelle dans les viscères. Ce n'est pas une rencontre, ça me paraît être autre chose. Le bébé a été lavé de près, il sent le bonbon acidulé, un peu citron. Mon fils sent l'agrume frais. Il est délicat, doux, un air de petit fantôme. Instinctivement, l'enfant cherche à prendre le sein et j'hésite, pour lui dire, attention je suis pas une mère facile. Tu verras. Il faut pas croire, petit. Mais sa tête est si minuscule que je finis par me céder à lui.

La sage-femme m'explique les gestes de l'allaitement. Elle m'apprend à être mère. Et j'imite ses manières. En partant, elle propose aussi de me masser l'utérus. Comme un cadeau après l'accouchement. Je la fixe droit dans les yeux, avec ce qu'il faut de dépité pour qu'elle comprenne que je n'ai pas follement envie, là, tout de suite, qu'elle me malaxe là où je pense. Et pourquoi pas la vulve ? Je dis que j'ai besoin de rien, merci, je reste seule avec le bébé, je pense déjà au retour, inquiète de retrouver l'immeuble avec un être vivant agrippé au bras. Ce que les voisins diront. L'appartement comme avant, est-ce qu'il sera différent ? Moins triste ? Je n'ai rien préparé pour la venue du petit, je n'ai pas eu le temps.

Je vis seule depuis toujours. Alors ça chamboule. Je vis dans une banlieue près de Paris, une cité au nom d'un poète romantique. Une banlieue bruyante, moche mais pas bidonville. Cité un peu entretenue, des fleurs, quelques pieds d'arbres, de grandes tours rachitiques parmi lesquelles je zigzague chaque matin pour le travail. Je bosse dans une usine, une usine loin de chez moi dans le Nord, une usine en 3-8. L'usine, ça ressemble à une bouche d'homme. Il y fait sombre et étroit, il n'existe pas d'issue. Alors quand je rentre le soir, après deux longues heures de train, je ne pense pas à créer une chambre pour l'enfant, à fixer les étagères, à installer les paniers en osier et la frise roudoudou.

Je tenais à lui donner son coin pourtant, j'avais des idées. J'espérais peindre sur les murs un petit continent. Pour les couleurs, ni mièvre ni mode, ce sera primaire. Mon fils dormira dans l'alcôve. Faute de place. Je dirai aux gens que c'est bohème, que c'est le vivre ensemble. Les gens vomiront leur jalousie.

Au crayon, j'avais commencé à barbouiller des arabesques et des notes de musique sur un mur. J'avais débarrassé le coin du vieil ordinateur qui agonisait dans la poussière. Mais pour le reste, je n'ai rien acheté. Je ne sais pas choisir, les thermomètres, les nacelles, les tailles de tétines, tout m'avait l'air compliqué. Maintenant j'improviserai. J'installerai mes objets autour de lui pour qu'il m'apprenne. Avec mes boîtes en fer et mes colliers en rocaille, on fera connaissance et ce sera naturel. J'hésite à y déposer mes thrillers Mary Higgins Clark. Je crois que, à lui comme à moi, ça pourrait nous être utile.

À la clinique, personne ne vient me voir, ni voir l'enfant. Je n'ai même pas la force de prévenir mon amie Sandra. Encore moins ma mère. Je m'en sens incapable. L'intention bloque, comment l'annoncer ? L'enfant est né mais j'ai commis le pire. Ce n'est pas quelque chose que l'on peut raconter. Dans ma chambre vide, toute l'équipe de la clinique s'interroge en me regardant de travers. Ils ont raison, cette fille-là n'a pas l'air douée pour les attaches.

Au petit matin, le médecin s'invite près de mon lit, il doit s'occuper de la déclaration de naissance si personne n'est venu le faire pour moi. Sa formule m'atteint à peine. Il me demande quel prénom je décide pour le garçon. J'hésite. Ce ne sera ni Rudy ni Jérémy. Brice, c'est pire. Et pourquoi pas Enguerrand ? Dans la chambre pâle, j'ai le dilemme. J'élimine au mieux, je refuse que le médecin me prenne pour une fille de mauvais goût. Une fille qui pousse des gueulantes, Jordan, rentre à la maison et plus vite que ça.

Le prénom, il faut équilibrer. Kevin, et d'emblée je commets l'infanticide. C'est important de bien choisir. Le prénom apporte le charisme ou bien la bêtise. Par mes divulgations, le médecin paraît peu concerné. En même temps, il s'appelle Jean-Yves.

Clémentine, j'étais satisfaite du choix. Un prénom qui rebondit. C'est une dame que je ne connaissais pas qui l'a choisi pour moi. J'ai frôlé la catastrophe, elle aurait pu m'appeler Mylène ou Josette. Alors je serais devenue gauche et pêchue comme on dit pour les gens qui cassent les oreilles. Elle aurait pu me baptiser Jessica. J'aurais eu des mèches rouges et même peut-être mauvaise haleine.

Pour le bébé, Marcel me plaît, mais les gens se trompent d'époque. On ne vit pas tous dans une brocante. Les prénoms courts, je ne suis pas pour. Emmanuel, ça tient quelque chose. Mais pour qu'il finisse *Manu* dans la cour de récré, je passe mon tour. Il faut se méfier des surnoms. Gabriel qui devient *Gabi*, Mortimer en *Momo*, il y a de quoi virer grand dépressif. *Clem* m'a hantée lorsque j'étais petite. À force de l'entendre, j'avais l'impression de virer branquignole.

Près de mon lit, le médecin me laisse palabrer. Il a l'habitude d'entendre les parents s'écharper pour un petit Théo-Rémy. Il me donne du temps. Le docteur sait que moi, personne ne me contredira.

En fin de course, j'opte pour le prénom Barnabé. J'aime assez mais je ne suis pas encore certaine. Je me dis que comme les boîtes de collants, je peux toujours changer.

À tour de rôle, le service de la clinique me rend visite. On me sourit beaucoup, ça me gêne un peu. On s'occupe de mes dessous, on recoud, on suture ma peau après l'épisio. Plusieurs points tenus, bien serrés, pour ne plus me sentir distendue comme un vieux fil à linge. Alitée face à la télévision, je repense à l'accident. Comment camoufler ? Je cherche à me remémorer la scène. Pour ça, il faut que je parte d'ici et que je revoie les lieux. Je harcèle l'étage pour déguerpir au plus vite. Les sages-femmes viennent me voir, à deux ou en groupe, façon zèbres, elles me rassurent. Elles sont toujours douces et guillerettes. Ça ne fait jamais la gueule, une sage-femme. Il manquerait plus que ça.

Le jour de la sortie, une poignée de médecins silencieux nous consultent, Barnabé et moi. Une batterie de tests. L'examen final. Pour lui, on vérifie les selles, les mictions et les transits, moi je suis bonne pour répondre à des questions. On met à rude épreuve mon état mental et puis, tout en dessous, on écarte les possibles infections. J'ai la trouille de rater. De pas saisir. De montrer les failles et le manque de force dans mes bras. J'ai peur de montrer à tous ceux qui m'entourent que pour le petit bonhomme à mes côtés, je ne sais pas comment m'y prendre.

Madame, tout est normal.

Alors je respire un grand coup. Je me recoiffe un peu malgré les poches sous mes yeux. Les sages-femmes m'aident à regrouper mes magazines, comme des cousines dévouées. Courage, Clémentine, bonheur, Clémentine, vous allez voir, la vie sera belle. Je repars seule, comme je suis venue, avec un petit garçon dans les bras et un sac en plastique mauve de l'hôpital contenant mes habits de cette nuit-là. En partant, je jette un coup d'œil à la maternité. Son apparence décatie, ses couloirs vieux rose, ses bureaux délavés et son réfectoire crème, toutes ces couleurs qui n'y croient plus.

Avec le bébé sur moi, je me dirige vers la Clio trois rues plus loin. Il pèse lourd, mon bras tremble légèrement. La voiture est toujours là. Je l'inspecte l'air de rien, terrorisée de la retrouver. Un homme me scrute, il attend le feu vert, le bras sur la cimaise. J'attends qu'il s'en aille pour examiner au plus près la Clio, le capot, les plaques, gratter du bout de l'ongle les cadavres de moustiques. Je la contourne par l'arrière, sans déceler la moindre trace. Je fais le tour. Rien de plus abîmé qu'avant. Je prends de grandes respirations, j'ai possiblement tout imaginé. Dans la panique du moment, tout inventé. Mais, à l'avant, le phare gauche paraît fêlé, fissuré au centre. Peut-être que c'était déjà là, depuis que les jeunes de la cité règnent sur le dessus de la voiture et la cognent. Je ne sais plus vraiment. Sur le siège avant, je remarque une brûlure de cigarette, le cuir abîmé, alors que je ne fume plus depuis des années. J'installe l'enfant derrière moi. À défaut d'un siège normalisé, je lui compose une couche confortable avec les draps de l'hôpital. Je le dévisage, ses yeux à demi-clos. Il a l'air content de rentrer dans ma vie.

En démarrant le moteur, je découvre une petite tache noire sur la tranche du pare-brise. Une tache séchée, trouble. J'actionne le lave-glace. Le nettoyant postillonne sur la surface, les essuie-glaces en couinant débutent leur va-et-vient. La tache ne résiste pas. Elle se répand. Substance sombre. Liquide.

Du sang coule devant mes yeux.

En rentrant de la maternité, je fais un détour par l'Éléphant bleu pour nettoyer la voiture. Leader des lavages auto, renseigne le panneau.

J'attends, nerveuse, tandis que l'employé de service s'approche de la voiture. Il lance le mécanisme et s'en retourne à l'accueil, les mains sur sa console de jeu. J'ai souri comme il faut. Sous les trombes mousseuses, la voiture se fait malmener comme un chiot dans une bassine d'eau, on la frictionne, la polit, la déroche à coups de rouleaux et de lamelles microfibres. Le bébé ne se réveille même pas. Par précaution, je pars demander un second lavage à l'employé. Il me dévisage, c'est pas utile, nettoyage optimal, garanti éléphant. J'insiste. Je dois être sûre, éléphant ou pas éléphant.

En retrouvant la banlieue, je gare la Clio étincelante sur le parking de l'immeuble voisin, bien à l'écart. Je traverse la cour discrètement. L'ascenseur en panne, je gravis pour la première fois les escaliers avec un être vivant dans les bras. Des pauses marquées tous les cinq étages. Le bébé dort encore, emmitouflé dans la matière pelucheuse.

Moi, j'en bave. Son corps sur le mien. Qu'est-ce que j'ai fait ce soir-là ? J'arpente les marches, je soulève son poids de petit garçon, il pèse comme un sac de courses, des courses de mi-semaine quand il reste encore quelques yaourts abricot dans le frigo. Je monte. Je décide de ne plus y penser. J'ignore ce qu'il s'est passé cette nuit-là mais il faut oublier.

Dans le canapé, Barnabé et moi profitons de la victoire, le souffle court. Je le regarde, ses yeux éteints, sa tête fragile sur moi. La visite de l'appartement, peignoirs ici et fourchettes là, je m'en chargerai plus tard. Je crois que Barnabé n'est pas pressé.

La première nuit ici, Barnabé dort à tout rompre. C'est émouvant de le voir vivre chez moi, dans cet espace qui existait avant lui. Bébé ne se réveille pas de la nuit, malgré les cris de la nympho du dessus. Barnabé ne réclame même pas à manger, besoin viscéral de récupérer. Je l'imite, on dort ensemble profondément, l'un sur l'autre, repliés, en croissants.

Dormir avec lui, je n'ai pas le droit. Au téléphone, ma copine Sandra me réprimande. Interdit, tu déconnes Clémentine, tu te crois avec ton chiot ? Sandra se réjouit de mon bonheur en m'engueulant. Sandra m'explique gentiment qu'un enfant dort dans son propre lit, que c'est pas une habitude de famille. Ce jour-là, je comprends que lui et moi, on sera très différents des autres.

Les premiers jours passent, je ne pense qu'à l'accident. J'aperçois parfois des bribes de la scène quand je me concentre. Une lumière acide, mes mains sur le volant, un corps. Une cigarette tombant sur la route. Cette longue chevelure dans le rétroviseur quand j'accélère.

Ma mémoire est focalisée, efface et y revient, forcément ça me donne un mal de chien pour materner. Heureusement, pour élever mon bébé, l'usine m'accorde quatre mois de congé. Depuis le début, j'ai la direction sur le dos mais je reconnais qu'ils sont bons princes. Quatre mois, ça me laisse le temps d'orchestrer. Le temps de finir les arabesques murales et de recruter une petite adolescente de l'immeuble Rousseau ou Musset pour s'occuper du petit. Quatre mois surtout, ça me laisse le temps de ressasser ce que j'ai fait.

Ma mère débarque un petit matin. Elle ouvre la porte avec le jeu de clés qu'elle s'est fait faire en douce. Avec ses pas à l'aiguille, elle réveille tout l'immeuble, à la recherche du rejeton. Elle me surprend en culotte, la tête déglinguée dans le salon, mais aujourd'hui ma mère ne me réprimandera pas.

Quand elle voit le bébé endormi dans mon lit, ma mère fond en larmes. Elle l'attrape, l'étreint si fort qu'il disparaît dans les plis de ses bras. Ma mère est heureuse, elle est grand-mère pour la première fois, elle en bafouille de joie et ça me fait sourire, les hormones à coup sûr. Ma mère nous regarde et m'annonce, maintenant je suis là. Je réponds que j'ai besoin de rien. Je m'arrange, on se débrouille tous les deux. Figure-toi que mon fils fait très bien le ris de veau.

Ma mère lève les yeux au plafond. Elle y aperçoit des fissures. Il faudrait expertiser.

Ma mère recule, pour regarder mon enfant. Elle m'avoue qu'il est beau. Je n'ai pas vraiment d'avis sur la question. Elle déclare qu'il est beau mais qu'elle n'est pas sûre pour Barnabé, on dirait le prénom d'un jouet ou d'un vieil accordéoniste en tournée. J'aime ma mère pour ce qu'elle pourrait être. Et pour tout le reste, l'aimer est plus fort que moi.

Ma mère tourne les talons et prend possession de l'appartement. Ses mains se couchent partout. Elles veulent ouvrir les fenêtres, laisser l'air laver la pièce. Mais je m'interpose lourdement. J'ai peur que les bactéries atteignent l'enfant. Je veux garder ma peau maternelle, l'odeur de l'accouchement sur nous deux.

En recouchant l'enfant, ma mère s'indigne en murmurant qu'il n'y ait rien pour lui, pas même une table à langer. Elle le dit sans offense pour ne pas me vexer. Elle veut faire les choses comme il faut pour son petit-fils, alors tant pis si mes négligences l'irritent. Elle achètera des meubles sur Internet, elle me fera livrer, elle paiera les chauffeurs pour monter les kits, au black pour les aider. Elle me fait promettre de choisir vite et de tout commander. Ma mère a peur que je devienne une mauvaise mère.

En contemplant Barnabé roupiller, ma mère comble le vide par les nouvelles de l'actualité. C'est une manie. Ce reportage d'hier, tu l'as vu, ces Roms, tous ces crève-la-faim dans nos rues. Ils font les poubelles sur nos avenues, ils se promènent en famille, trimballent des poussettes, on croit qu'il y a des bébés dedans alors qu'elles sont peuplées de déchets. Ils récupèrent n'importe quoi, des t-shirts à trous, des piles usagées, de la super-glu qu'ils revendent sur des marchés improvisés, sur de la bâche à même le sol. Ma mère m'assure que pour les infos, franchement j'ai rien manqué.

Pourtant elle continue, Pernaut et les glaces italiennes, Chazal et la grève des cheminots. Et la mort de la danseuse, tu as vu ? Je n'avais pas vu. Je ne la connaissais même pas, la dame. C'était une danseuse. Bausch. Une Allemande en plus. Pina Bausch. Une chorégraphe. Elle est morte, il y a quoi, quatre jours. Un génie, c'est sûr.

Ma mère finit son bulletin et je la remercie de sa visite. Je scrute son départ au judas et allume l'ordinateur. Sur Internet, je découvre le visage de Pina Bausch. Visage fantôme et familier. Je découvre sa peau, son nez aquilin, ses yeux bleus de vieillesse, deux éclats d'enfant. Surtout je reconnais parfaitement ses longs cheveux gris étalés sur la route.

Elle s'appelait Pina.

C'est joli, Pina. C'est doux. Rassurant. Le nom d'une muse, victime d'une tragédie. Pina, martyre d'un Dieu jaloux qui l'aurait trop aimée. Mais je ne m'y connais pas assez en mythes pour inventer la suite. Pina pourrait être le titre d'une chanson triste. Pina, Pina. J'entends les voix caverneuses des chanteurs prononcer son nom.

Pina me calme alors que je devrais paniquer.

Je crois bien que je l'ai assassinée.

Sur Internet, je tape Pina Bausch en boucle. Les dates coïncident, Pina était à Paris, en représentation au Théâtre de la Ville. Elle était là, à côté de moi. Tout près, à ma merci. Sur France 3, il y a un reportage sur sa compagnie, le Tanztheater Wuppertal. Je suis de plus en plus coupable. Je tape de plus belle. L'ordinateur reconnaît ma requête à l'ébauche du *p*. Les moteurs sont riches en résultats, si bien que je réalise qui elle est, ce qu'elle a accompli. Pina est une star, un prodige. Il y a des dates. Une biographie. Des noms de ballets. Des collaborations. Des opéras. Des trophées. On ne lit rien sur ses débuts, à part que ses parents tenaient un café, comme ma mère. Je suis frappée par la coïncidence. On ne dit d'elle qu'une seule chose, Pina est un génie. C'est écrit partout.

J'ai tué un génie.

Les pages s'égrenant, Pina se laisse découvrir, sous toutes les coutures et tous les traits. Je fais défiler les images. Je la revois. En noir et blanc surtout, la dame. Je la rencontre. Sur les photos, elle est assez vieille, parfois très jeune. Fumeuse, comme sur la route. Mais elle a du style, une allure à rendre jalouses les jeunes pimbêches de télé clôturée. Son regard est invariable. Face à l'objectif, Pina porte le chignon. Elle ne détache jamais sa chevelure. Les photographies sont prises en plan serré, idéales pour le port de tête. Son visage de danseuse. Quel visage. C'est beau d'être danseuse.

Les vidéos défilent avec des coupures de publicité pour ADSL. Moi, j'ai deux gigas par mois et pas un rond pour plus. Je vois des morceaux éclairs de ses spectacles, j'attends les suivants. Des petits gestes de ses danseurs. Des mouvements raides. Des danses amoureuses. Des pitreries. Des décors de cinéma. Des rondes. Je ne comprends pas trop ce que cela signifie. De la danse, pas vraiment. J'en ai un peu fait, petite, j'ai détesté ça. Les bandes durent deux minutes à chaque fois. Lorsque les extraits se finissent, j'ai envie d'en voir plus. J'ai envie d'être la petite fille chanceuse au premier rang, les yeux rivés sur Pina.

Les clichés de Pina se ressemblent. Pina a tous les âges et ce même visage, léger et triste, qui traverse les décennies. Elle effraie parfois. Cette figure sérieuse, sublime dans la contradiction. Exigeante, comme une institutrice cruelle de CP qui vérifie les ongles et les éponges humides. Rieuse, aussi. Pleine de lumière. En moi, les angoisses se calment. Je scrute Pina. Je la revois ce soir-là. Je ne suis pas folle, je me remémore. Elle me fait face, seule. Son allure abandonnée devant moi. Ses cheveux longs tenus par une couette simple. Sa nuque de fillette et son visage. Son corps à elle face à mon corps à moi. Elle traverse la route. Elle se tient de profil. Un pied sur le milieu du boulevard. Elle voudrait se retourner brusquement. Son regard blanc quand je bondis sur elle.

Barnabé refuse le sein. À l'hôpital, les sages-femmes me montraient la technique mais désormais seule, c'est moins facile. Le téton dans une main, l'enfant dans une autre, j'arrive pas à connecter. Bébé n'agrippe rien. Peut-être qu'il n'en veut plus, de mon sein, peut-être qu'il le trouve fade. Il faudrait passer au biberon mais il y a trop de chimie. J'insiste pour l'allaiter, je tends ma poitrine débonnaire mais Barnabé fait grève.

Ma copine Sandra m'explique. Un lait trop salé, une humeur, une contrariété, même un déménagement peuvent braquer le bébé. Quand son mari Gaspard et elle ont quitté Paris pour une maison de banlieue, ça a déréglé son petit dernier. Sandra s'était démenée des mois. Il a fallu changer de déodorant pour que le petit réclame à nouveau. Sandra me conseille de persévérer et d'en parler à mon pédiatre. Mais Barnabé n'a pas de médecin, je n'ose pas dire que je veillerai seule sur lui.

Je ressers un peu de thé à mon amie, elle est légèrement gênée de son cadeau pour l'enfant. Une petite poupée à tablier vert pomme choisie dans sa boutique de jouets. Sandra était persuadée que j'aurais une fille. Elle le rabâchait, elle était sûre parce que, à ce qu'il paraît, elle a un don. Je ne suis pas déçue pour la poupée, elle est simple, jolie, elle pue pas le supermarché. Avec, j'ai eu droit à un beau bouquet de pivoines. Je ne pouvais pas pester.

J'hésite à parler de Pina, à poser deux trois questions l'air de rien à Sandra, quand elle a la bouche pleine de biscuits bio. Est-ce que Sandra la connaissait ? Je me demande pourquoi personne n'évoque la cause de sa mort. Peut-être qu'ils me recherchent déjà. Peut-être qu'ils attendent le nom de la coupable pour faire justice à Pina. Cela me travaille. À la télé, les hommages n'ont jamais duré longtemps, une minute de fin de bulletin, info rapide, scène de danse, image fixe sur Pina en révérence. Mais on n'affirme rien de plus. On retrace sa vie sans dire sa mort.

Sandra ne sait rien, à ses yeux, je suis innocente. Elle me regarde comme une nouvelle maman touchée par la grâce. Alors que c'est la trouille qui joue les occupantes. J'ai peur qu'on soit à ma recherche, qu'une enquête se joue contre moi. Je ne peux pas impliquer Sandra.

Au départ de ma copine, je m'évertue à nourrir mon bébé. Je tends le sein à Barnabé, toujours, fermement, et j'allume LCI, les collègues à l'usine se moqueraient. Ils diraient encore, ah la Parisienne, qu'elle est intello, la Parisienne. J'attends une information sur Pina, une image, une retrouvaille. Mais on n'en parle pas, on rappelle sa mort sur un petit bandeau écrit qui défile en bas de l'écran, un Post-it racorni collé sur le pot du buffet. Mes yeux s'habituent aux flashs et au désolant débit médiatique. Personne n'en parle. Ni ici ni ailleurs. C'est fini. Personne ne dit comment est morte Pina. Peut-être que Sandra est au courant finalement.

Elle a quand même un don.

Ce qui m'entoure, je saisis pas toujours. J'accumule les lacunes comme s'il manquait des formules à ma composition. Quand je lis le journal, je comprends pas tout, surtout l'économie. Moi j'ai pas fait Normale sup, j'ai fait normal. Au lycée, je suis allée jusqu'au bac. Mais je l'ai manqué. Pas de quelques points, de quelques mois. J'ai lâché l'affaire, trop impatiente. Je n'aime pas essayer. Ma tête a du mal avec les processus. Les terminaisons. Je préfère toujours partir avant la fin, comme au cinéma. Ce sont les débuts qui changent.

Foncièrement, j'étais pas contre l'école. Apprendre m'allait comme un gant, je savais faire, les mains derrière le dos, je faisais des exposés, je prenais la craie. Si je n'avais pas été une telle trouillarde, j'aurais gravi les échelons. Ma mère me le répète. Au lieu de ça, j'ai commencé ma vie derrière un standard. Huit heures par jour à composer des chiffres, le train enfoncé dans la mousse d'une chaise de bureau.

Les gens pensent que l'école appelle l'exigence. Les examens, les diplômes. Mais la vraie exigence, c'est la chaise de bureau. Depuis trois ans, j'assure l'accueil à l'usine de parfum qui m'emploie. Dans l'odeur des fleurs fraîches, de réglisse, de thé fumé, je transfère les communications. Je réponds aux questions, affranchis le courrier, classe les documents. Je mets à jour l'annuaire en reniflant les brassées de roses. Je réponds au téléphone, parfois non. Je suis paillasson, essuyez bien vos pieds.

C'est ici que j'ai rencontré Bruno. Un jour de pesée. Bruno livrait les quantités, je lui ai fait signer les bordereaux. Le coup de foudre était aux abonnés absents. Pas même un petit éclair. J'ai à peine tendu le menton en zieutant ses doigts épais qui s'énervaient sur le comptoir. Bruno était pressé, il tirait une tronche noire. À peine un bonjour. J'ai répondu par la même. Qu'on ne compte pas sur moi pour débuter les festivités.

Bruno les aime féroces, les filles. C'était bien ma veine. Il aime quand elles cognent et qu'elles dégainent une série de répliques mesquines. Une petite femme d'intérieur avec du caractère. Une qui peste à la venue improvisée des copains le soir mais qui dandine gentiment du cul. La preuve, il est revenu me chercher ce jour-là.

La première soirée, on s'est retrouvés dans une taverne du coin. J'avais laissé le dernier train partir. Bruno était réapparu après sa livraison, il avait jeté un coup d'œil aux horaires de fermeture, il m'attendait sur le parking, les cent pas autour de sa voiture, la Camel aux lèvres. Derrière ses airs de petit voyou, il était nerveux. Il se grattait les golfes. Tout de suite, j'ai accepté de le suivre. Je ne voyais pas l'intérêt de minauder, d'hésiter. Ses potes étaient là-bas, Bruno l'ignorait. Ils l'ont chambré parce qu'il m'a fait entrer la première, un gentleman, mesdames. Face à la bande, Bruno n'a pas craquelé l'armure. Bruno avait de l'humour, il savait mener la conversation tout en restant bonhomme. Il avait quelque chose en plus. Une voix de stentor, une façon de percer les gens à jour. Surtout il était beau à en pleurer.

Bruno avait un petit appartement à l'époque, temporaire, une sous-location dans le centre le temps de sa mission. Il n'avait pas pris la peine de meubler. Son salon se résumait à un matelas au sol et une playstation. Clairement ça déprimait. Dans la cuisine, une table trônait près d'une gazinière, il y avait une chaise et un vieux petit frigo pour studio qui hurlait à la mort. Partout, les murs étaient nus, fissurés par le temps, cela ressemblait à un chantier.

Bruno était gêné, il savait que l'endroit paraissait triste. En temps normal, moi aussi, je serais partie. Cette fois, je me suis assise. On a bu quelques bières. Bruno m'a raconté l'intérim, toutes les missions de chauffeur routier qu'il enchaînait depuis trois ans aux quatre coins du Nord-Pas-de-Calais. L'employeur lui faisait toujours miroiter un vrai contrat pour qu'il se tienne au garde-à-vous pendant sa mission. Bruno aurait vendu père et mère pour un contrat indéterminé mais ça ne se concluait jamais. Les patrons s'en foutaient, ils préféraient taper dans le vivier Adecco des crève-la-faim plutôt que de s'alourdir avec un CDI. Bruno savait conter les choses. J'écoutais. Son armure se fêlait. Ça sentait la galère à plein nez mais Bruno restait sobre, il savait déballer comme il faut. Pour m'impressionner, il aspirait la misère qui s'était amassée autour de lui. Il avait sa dignité. Son dos était toujours droit. On s'est endormis en pleine nuit noire ce soir-là. Tout habillés, épuisés par l'intensité de nos paroles. Bruno n'a pas cherché à me défringuer, à glisser une main quelque part. Et je le savais. Je l'ai su dès que je l'ai vu tout doux sur le parking. Cette fois-là, il voulait simplement parler avec quelqu'un, parler vraiment avec quelqu'un.

Dans mon lit, je me redresse en pleine nuit, horrifiée. Mes mains sont recouvertes de sang. Je voudrais crier mais le bébé dort à côté. Je me touche, tâtonne, cherche l'origine de la blessure. L'un des points de suture a lâché. Ça coule fort. Mon corps est coupable d'homicide alors il refuse de cicatriser. Je fais pression, les doigts sur l'ouverture du vagin. Autour de moi, tout est serein, Barnabé s'est endormi après que la nympho a fini ses petites affaires. Elle a hurlé comme une possédée ce soir. Il faudra finir par régler ça aussi. Le petit fait sa nuit paisiblement alors je reste immobile, le sang finira par s'interrompre, par sécher en silence. Dehors, tout est calme, les jeunes du quartier ont déserté les bacs à fleurs, il fait trop chaud pour zoner. Je voudrais me désinfecter et fumer une petite cigarette comme avant, sur le balcon, mais quand Barnabé dort, je me paralyse sous les draps.

Quand Barnabé dort, tout dort. Le monde doit l'accepter. Ce petit garçon endormi, les bras repliés vers lui, sa tête ronde comme une planète. Il a encore un bout de son cordon ombilical vissé dans le nombril. On dirait une grosse croûte brune, c'est pas très joli. J'espère que ça tombera vite.

Sur les chaînes, on ne mentionne plus jamais Pina, d'autres gens meurent à sa place. On passe à autre chose. Mais moi, j'y campe dur. Je prononce son prénom. Pina. Il fait le tour de ma tête la nuit quand, énervée, je joue à la momie pour ne pas réveiller le bébé. Pina résonne dans mon bocal. Elle se hisse au coin de mes obsessions. J'ai envie de péter de l'assiette, hurler, avouer, dire ce que j'ai fait. Au lieu de ça, je regarde mon enfant.

Pour connaître Pina, je me rends à la médiathèque du quartier. Je lui dois bien ça. Je laisse Barnabé faire sa longue sieste de l'après-midi, refusant qu'il sorte et que la pollution l'atteigne. Dans les rayons des livres, je me presse, je passe en revue les dos en y glissant l'annulaire. C'est la première fois que je laisse bébé derrière moi. Ce n'est pas un truc de mère digne. J'en ai mal au corps. Au hasard, je tombe sur un DVD où le nom de Pina Bausch est inscrit sur le coffret.

« *Barbe-Bleue*. Opéra dansé par Pina Bausch ».

Je m'inscris au guichet pour emprunter le spectacle. Je donne mon âge, mon nom et une fausse adresse, on ne sait jamais. La vieille bibliothécaire me remet une carte d'abonné que je glisse fièrement dans mon portefeuille parce que je fais désormais partie de ces gens-là. Je rentre vite, en petites foulées. Quand la serrure se déclenche, Barnabé se réveille peu à peu. Toujours sage, jamais de crises de larmes, même pas quelques gazouillis. Barnabé est un spectateur. Il fixe les yeux dans les yeux, ça peut durer des heures. Mais quand on s'approche, son visage s'échappe. Il est comme ça, l'enfant. Une espèce protégée.

Le DVD installé dans la machine, je sors Barnabé du lit, le pose délicatement sur ma poitrine, sa chaleur m'apaise, je sens chacune de ses respirations profondes résonner en moi. Il fait de drôles de moues quand il se réveille alors j'imite ses grimaces pour le faire sourire. Pour le moment, ça ne fonctionne pas. Je monte le son de la télévision et lui tends mon sein. Pour la première fois, lui et moi découvrons la danse. Une salle nue, recouverte d'un feuillage. Il y a un homme près d'un magnétophone, derrière lui des culturistes et des femmes soumises. L'homme arrête la bande, rembobine, rejoue les notes. Il écoute. Une femme s'approche. Tout à coup, il l'attrape et la viole. Au loin, le paysage est presque beau.

La danse, je l'imaginais en un tas de choses. Des galipettes, du crin, de la gaze, du tulle. De fausses étreintes ringardes. Mais devant *Barbe-Bleue*, je suis frappée au visage. Je me sens toute pleine. Nourrie, vitamines invisibles. La scène, les mains qui caressent, la musique, les feuilles mortes sur le sol, les femmes qui disent merci. J'en ai des sueurs froides. Mon corps tremble. On dirait de la sorcellerie.

Pendu à mon sein, Barnabé tète comme jamais.

Au standard de l'usine, on me parle mal. On aime me regarder de haut, même à l'autre bout du fil. Pas même un bonjour de circonstance, on exige telle personne, tel service. Jamais de merci. Il faut rester poli. Je crois au pouvoir mystique de la politesse.

Aux gens mal élevés, j'ai fait les quatre cents coups derrière ma console. Je leur ai raccroché au nez, imité la conversation hachée, le bruit de la ligne défectueuse, même le coup du tunnel et du faux numéro. J'ai répondu en belge, en espagnol, en arabe, en québécois. Je suis nulle en langues mais pour les accents, j'ai de l'expertise. Le DRH s'est aperçu de mes petites combines. Évaluation de compétences-surprise. Il m'a convoquée, m'a demandé de m'asseoir et, de but en blanc, m'a posé une question en arabe. Le DRH, c'est un pince-sans-rire. Je m'en suis tirée après quelques résolutions et une tête baissée de merlan frit.

À cette époque, j'ai continué de voir Bruno. Il restait à vivoter dans le coin, sa mission durait trois mois. Je ne rentrais plus dans ma banlieue parisienne les soirs, Bruno m'invitait chez lui, sur son matelas sans drap. Mais il ne rendait pas ça officiel. On n'était pas ensemble, lui et moi.

On se voyait après le boulot. On rejoignait sa bande que je craignais un peu. Ils buvaient trop, se pelotonnaient, se collaient des calottes en gueulant des refrains rock. Ils avaient la vingtaine hystérique tandis que je me dirigeais déjà vers une trentaine fatiguée. Je préférais passer du temps seule à seul avec Bruno. Un type bien, Bruno. Un type qui aime ses contemporains, qui les respecte, qui méprise pas. Le mépris, moi, ça me flingue. C'est à l'usine que j'ai compris ça, quand les cadres managers sourient bêtement aux ouvriers après avoir garé leurs 4 × 4 près de leurs Twingo déglinguées. Ça fonctionne comme ça dans l'usine. Les regards, les niaiseries. On vit ainsi. Le mépris, c'est le lien entre nous et les autres.

Avec mon voyou, on ne jouait pas aux amoureux. Dans la rue, nos mains ne se frôlaient pas, on se baladait chacun pour sa peau. Bruno avait l'habitude. Il en avait eu des histoires d'amour, des coucheries, des filles de pub, des pétasses illettrées qui se pétaient les ongles pour l'agripper et finir la nuit dans ses bras. Bruno choisissait au hasard, il s'en foutait sur qui il finirait par mettre le grappin. Il n'avait pas honte, c'était la loi du marché, lui aussi pouvait profiter. Bruno me racontait tout, toujours. C'était son truc, raconter. Il décrivait bien les histoires, plus que personne, il détenait le sens du rythme et des formules. J'étais fascinée. Sa belle voix y faisait beaucoup. Bruno contait jusqu'au bout. Il y mettait un décor, des lumières. Je suis tombée amoureuse de lui pour ça. La fois où il m'a raconté comment il avait tout perdu.

Ce soir-là, Bruno était rentré tard, il m'avait demandé de l'attendre chez lui. À sa voix au téléphone, j'avais déjà compris que ça n'allait pas. Je pensais qu'il allait me quitter lâchement, que j'allais devoir faire comme si c'était pas grave, comme si j'étais forte et indépendante, comme si les mecs lâches, j'en faisais mon quatre-heures, la mâchoire dure et le front digne. Je m'occupais à la fenêtre nerveusement, je scrutais, entre les voisins de Bruno devant leur téléréalité et ceux qui nourrissaient leurs gosses à gorgées de Coca et de Chocapic, j'étais au spectacle. C'était sordide et j'en jubilais. À son retour, Bruno était contrarié, mais cela n'avait rien à voir avec moi. Son collègue l'avait lâché pour un deal. Ils s'étaient arrangés des semaines auparavant, Bruno le remplacerait pour une grosse livraison, il toucherait la prime et en échange Bruno l'aiderait à retaper son garage. Mais, à la dernière minute, le type s'était défilé.

Bruno n'était jamais fatigué mais, cette fois-là, il avait l'air éreinté. Il avait le visage fermé, le corps subclaquant. Bruno buvait son whisky tiède en silence, il se tenait à l'écart, c'était difficile de l'approcher. Il me faisait de la peine, mon regard était tendre, j'ai pas su masquer. C'est là qu'il m'a raconté.

Avant l'intérim, Bruno avait été maître-chien. Il aimait beaucoup les bêtes, surtout les chiens-loups de Saarloos, croisement entre un berger allemand et une louve des Pyrénées. Bruno en était dingue depuis tout jeune. Leur beauté l'émouvait, il pouvait en pleurer. Bruno s'était reconverti après quelques années à vagabonder. Il avait tourné le dos à son petit réseau, des gars pas méchants mais sinistres, perdus, incapables de se relever. Bruno avait réuni ses économies, pas grand-chose mais assez pour un beau chien au mordant.

L'animal, il l'avait acheté chez un éleveur spécialisé. Il avait fait des bornes pour le récupérer, en autostop, toute une journée, sous une pluie battante mais il s'en foutait. Il avait choisi son chien dès le premier coup d'œil attendri. La boule de poils au regard malin, elle était pour lui, pas de négo possible. Bruno avait décidé de l'appeler Néron, en hommage à la pièce *Britannicus* qu'il avait lue en troisième avant de décrocher définitivement de l'école après les vacances de printemps. Néron était superbe mais il restait un loup. L'animal se méfiait des hommes, il cherchait sans cesse à fuguer. Il lui fallait un jardin immense, de l'espace, des plages entières de verdure et de recoins pour courir et aboyer à la rude, alors Bruno avait déménagé plus loin dans le Poitou-Charentes, au calme, dans une petite maison de plain-pied. Bruno avait bétonné le périmètre, installé deux couches de grillage pour garder sa bête en sécurité.

Sa formation commençait, Bruno prenait le bus aux aurores depuis son petit village, l'apprentissage lui plaisait, il était concentré, il rangeait ses cours dans des classeurs triés par couleur. Il ne répondait plus aux appels de ses potes qui le harcelaient le soir s'il ne décrochait pas, des dizaines de messages interminables où les potes bourrés hurlaient et ricanaient comme des hyènes. Bruno était bien, seul, au vert, il avait trouvé sa voie. Il en avait douté depuis l'école, il n'avait jamais su comment faire, quels parcours, quels choix, c'était pas possible de trancher pour lui à l'époque, il avait besoin de grandir d'abord, de se tenir droit et de pouvoir dire bonjour en public sans piquer un fard. Maintenant il savait quoi faire et comment y parvenir. Maître-chien. C'était ça et rien d'autre.

Ils étaient complices, l'animal et lui. Ça pouvait paraître stupide mais ils l'étaient vraiment. Bruno s'était armé de patience avec la bête, il l'élevait selon les manuels de dressage qu'il avait achetés sur Internet, il le brossait, veillait à son alimentation, se blottissait contre lui chaque soir histoire de récupérer des forces. On lui avait dit de passer le permis, obligatoire pour le métier, il faut rouler parfois. Bruno détestait la voiture, il avait perdu son frère comme ça, un accident crétin, deux grammes dans le sang et une valse de débris étalés dans un champ de tournesols. Bruno l'avait fait, la peur au ventre, il avait eu son code, sa petite carte rose. S'il avait su qu'il finirait livreur, à passer ses journées entières sur les routes. La vie et son ironie.

À l'époque, Bruno avait obtenu son CAP d'agent de prévention. Il occupait des petits postes de gardiennage en Poitou-Charentes près de chez ses parents, à surveiller les résidences et les jardins des dentistes et des parapharmaciens. Mais avec son jeune chien, il espérait plus. Il avait envie de conquêtes, de prestige, de frissons dans le bide. Peut-être même l'armée, qui sait. Bruno savait que Néron était une petite merveille, il était chaleureux et puissant, agile et réactif. Il voulait la voie noble pour eux deux.

Il avait été admis dans un centre canin privé du Nord-Pas-de-Calais qui formait ces agents cynophiles qualifiés. Bruno avait accepté de partir, avec Néron. Déménager encore, quitter les siens, ses parents, deux petits vieux attendrissants qui s'aimaient et s'embrassaient langoureusement comme au premier jour. Bruno s'était installé dans le nord de la France. Pas sa région de prédilection, pas la plus belle, pas la plus ensoleillée, mais Bruno s'en moquait. Ce furent deux années physiques. Bruno en avait chié. Aimer les animaux, ça ne suffisait plus. Le sport intensif tous les matins, la musculation et l'endurance. Le job s'apprenait dans la sueur. On lui inculquait les techniques de pistage et lui, il les inculquait à Néron. Deux années rudes dans l'eau, la terre, les gravats et le feu. À ramper, glisser, arpenter, à apprendre la détection électronique, la télésurveillance, les soins, l'accompagnement des personnes.

La tension pesait pendant la formation, les élèves maîtres-chiens comparaient leur sésame, il fallait la bête la plus massive, la plus vaillante pour y arriver. Il fallait être sûr de son investissement.

Tout du long de l'apprentissage, Bruno avait tenu. Avec Néron, ils avaient réussi ensemble. Le chiot était devenu un chien de film d'action. Un chien qui te sauve des ravins et qui réconforte ta fiancée en même temps. Bruno, lui, était devenu adulte.

Une société privée les avait alors engagés. Bruno était positionné sur des sites à risque, parfois des bases tenues secrètes, de gros contrats. Il travaillait des heures d'affilée dans des endroits obscurs, étranges, les types là-bas ne causaient pas, une attitude de militaires, ces gars-là. Bruno restait discret, il obéissait aux ordres, ses rondes étaient minutées, rigoureuses. Néron le suivait à la trace. Bruno voyait de ces choses, il n'en parlait à personne, clause de confidentialité. C'était un travail nerveux. Une vie de sacrifié. Bruno confondait le jour et la nuit, il dormait quand il pouvait, quand ses yeux collaient trop, Néron l'imitait et ils rempilaient ensemble sans jamais geindre.

Ça a duré à peine six mois, jusqu'à ce que Néron commence à boiter.

Le chien boitait par intermittence, comme si la bête avait bu un verre de trop. Au début, ça faisait marrer Bruno, son chien titubant, qui déviait vers la gauche quand il s'élançait. Bruno l'a mis aux anti-inflammatoires, des cachets lourds qu'il planquait dans sa bouffe, il pensait à un coup de froid pour se rassurer, mais Néron n'allait pas mieux.

Bruno s'est mis en arrêt maladie quelques jours, histoire que son chien reprenne du poil de la bête. Ça a empiré. Néron perdait sa belle masse à vue d'œil. Il refusait de se nourrir. Il vomissait. La fièvre le faisait gémir comme un petit chiot famélique. Après une biopsie, le véto a confirmé. Cancer des os. Le docteur l'avait prévenu, ça allait être moche. Les tumeurs touchaient déjà l'extrémité des os longs. Il n'y avait qu'une issue. Aider l'animal.

Dans le jardin, Bruno scrutait Néron qui jouait comme avant, il faisait le fou, sautillant, haletant, il avait encore besoin de se dépenser. Bruno n'imaginait pas que la maladie le bouffait de l'intérieur, il n'envisageait pas la suite une fois que sa bête allait mourir, le boulot qui s'arrête, son certificat en fumée. Plus de travail, plus d'avenir. Bruno espérait surtout que son chien survivrait, le reste c'était du brouillard. Néron s'est fait amputer trois mois plus tard. Bruno voulait que Néron vive un peu plus alors il a payé pour l'opération. C'était égoïste, une simple question de temps, mais il l'aimait à ce point. Il avait été licencié dans la foulée, pour incapacité de travail. Une lettre recommandée, un préavis, bonne et due forme. C'était la règle du jeu.

Néron n'avait plus que trois pattes. Parfois il retrouvait sa vivacité, intrépide comme avant, il clopinait avec fougue, la gueule humide et insouciante. C'était magique de le voir comme ça. Bruno ne vivait que de ça, que d'eux, seuls, ça ressemblait à des vacances.

Un jour, Bruno a ouvert le portail de rage, il a pété les enclos, désaxé les grillages, il voulait voir si Néron allait se faire la malle. S'il préférait partir ailleurs, mourir seul. Mais Néron est resté. Un vrai pot de colle, le chien ne quittait pas son maître, il le cherchait partout. Toujours derrière lui quand Bruno allait pisser. Puis les métastases se sont déplacées dans les poumons. C'était fini. C'était déjà la fin. Bruno avait accepté le verdict. Plus d'amputation, de traitement, d'opération. Le chien allait mourir d'un moment à l'autre.

Quand Bruno m'a raconté cette histoire, ma respiration s'est coupée. Bruno avait le torse gonflé, la voix au loin, il ne pleurait pas, il racontait.

Néron était mort alors qu'il dormait. Bruno l'avait vu un beau matin, beau, c'est une façon de parler. Néron était étendu au milieu de la cuisine. Cela ressemblait à une sieste, un matin normal. Bruno l'a appelé. Il l'a sifflé pour qu'il vienne lui dire bonjour en remuant la queue. Son museau ne bougeait pas. Bruno s'est penché, l'a attrapé par la peau du dos, sa gueule est restée basse contre le carrelage. Ses yeux étaient encore ouverts mais il n'y avait plus de vie à l'intérieur. Pour Néron, c'était terminé.

Pour Bruno, la vie allait devenir compliquée.

J'ai tué Pina Bausch. J'ai mis fin à une grande vie. Ses cheveux gris sont la preuve.

Devant moi, ils étaient si gris.

Dans les journaux, je trouve enfin une explication : un cancer des poumons. On dit que ça a été fulgurant, Pina qui découvre sa maladie quelques jours à peine avant sa mort. Un cancer foudroyant. C'est presque trop facile, trop beau pour être vrai. En trois jours, un cancer et la mort. Je prends conscience du complot.

On invente une maladie pour protéger son nom. On met en place tout un scénar. Une légende. Après tout, on ne renverse pas un génie comme on renverse un animal. On doit inventer pour Pina. Romancer la fin. On doit faire croire au monde entier que la clopeuse des scènes a soudainement été rattrapée par le manque d'oxygène.

Mais moi, je sais ce qui est arrivé. Je sais qui j'ai vu cette nuit-là. Je revois encore qui j'ai emporté sous mes roues.

Je suis coupable de meurtre. Je me l'assène nuit et jour, je l'injecte à mon corps en intraveineuse. Assassin, meurtrier, je ne féminise même pas. À force de l'entendre, ça me donne le tournis. Toutefois, je ne dis rien à personne. Je dois protéger mon enfant. Quand le soir, Barnabé s'endort, je me mets en tête de fomenter un plan. Plusieurs nuits à réfléchir à mon issue de secours. Lorsque bébé dort, il m'inspire.

Il faut éloigner les preuves, à commencer par la voiture. Tout part de là. Un ami de ma mère, un ancien habitué de son bistrot, s'est chargé de réparer le phare fêlé. Il n'a posé aucune question, je lui ai donné un billet sous le manteau, il m'a dit, embrasse ta mère. Depuis un cybercafé, je poste une annonce pour vendre l'engin. Les précisions sont nombreuses, le prix, dérisoire, je joins une photographie de taille moyenne à l'annonce. Je crée une adresse e-mail pour échanger avec les possibles acquéreurs. Un pseudonyme à peine original, facile à retenir. Je consulterai les messages d'ici en effaçant l'historique. Je connais les ficelles des thrillers. Je lisais déjà des romans noirs quand j'étais gamine.

Le matin, après que Barnabé s'est endormi, au bout de quelques tétées peu suffisantes, j'agis, je le laisse seul à la maison. Je me rends à la cabine téléphonique en face de la mission locale, une cabine sans enclos sous des tilleuls taillés en rideau recouverte de griffures de marqueur. J'appelle les commissariats des environs pour enquêter sur mon crime. Je fais la sérieuse. Journaliste chargée des faits divers, je change de prénom et de voix à chaque appel. Tous les matins, je suis la stagiaire correspondante de presse de France et de Navarre, j'enquête sur moi-même.

Les flics m'informent d'histoires sordides, agressions, coups, ITT, escroqueries, petits braquages de porte-monnaie. Ils me décrivent les vols à l'arraché, à l'arme blanche, à la tire, à la portière, à la fausse qualité, des vols en veux-tu, en voilà. Des papys séquestrés, des viols sur mineures, des victimes à vie. C'est la foire à la saucisse.

Je demande pour les délits de fuite.

Rien de ce côté. Rien depuis quelque temps. Soulagée, je me dis qu'il me reste encore du temps.

En rentrant, je passe toujours par la médiathèque située sur mon chemin, c'est un endroit qui me calme. Je regarde derrière moi quand je marche. Un couple passe, un carré plongeant et un crâne rasé qui se tiennent par la main, ils se chuchotent des trucs mais j'entends pas, le crâne rasé a une démarche de soldat avec ses bras. Le carré plongeant me sourit d'un air entendu parce que je les regarde trop, t'as quelque chose à nous dire ou quoi ? Je file dare-dare, peut-être que je suis suivie. Dans la médiathèque, je cherche Pina, mon appétit grossit, ça pulse en dopamine. La danse de Pina m'interpelle. Ses jeux sur scène, sa musique, je voudrais comprendre qui elle était. Elle avait l'air d'être un personnage. Le genre à qui on ne la fait pas, le genre qui ne fait pas semblant.

Dans la médiathèque, il n'y a personne, à part deux filles voilées studieuses. Mais ici, les rayons sont légers, on n'y vient pas pondre sa thèse. Pas de belles tables, tout est mélangé, cuisine avec ésotérisme, les livres tombent, flanchent lourdement sur le côté, ça manque de fonds. Mais l'endroit m'est utile. Je loue les deux seules ressources sur Pina. Un livre de photographies sur elle et un DVD d'un ballet, *Nelken*. À la bibliothécaire sexagénaire, je demande s'il y a autre chose, comme une junkie qui camoufle l'urgence. Elle fait non du menton. À la place, elle me propose les ballets de types au nom zarbi, Cunningham ou Prejlocaj. C'est gentil mais non merci. Il n'y a que Pina dans ma vie.

En regardant *Nelken*, j'espérais voir Pina danser sur scène. Mais elle n'apparaît jamais. Je la vois pourtant. Derrière chaque tableau, incarnée par chaque danseur, elle est là.

Sur scène, une femme accordéoniste se promène les seins nus à pas d'échassier. Elle marche lentement, elle écrase les fleurs roses qui recouvrent le sol. Le plateau est jonché d'œillets, neuf mille, plantés tous les soirs. On dirait une peinture. La musique démarre. Jazz, cabaret, petites notes douces. Des bergers allemands surveillent la scène, ils rôdent, ils fliquent les passants, attachés à leur laisse. Je repense à Néron et à son maître qui ne m'a jamais recontactée, qui, au lieu de ça, m'a oubliée.

Someday he'll come along the man I love…

Sur la scène, un homme chante en mimant la langue des signes. Il s'applique, il regarde droit dans les yeux le public taiseux. Une femme s'approche de lui. Un couple en retrait porte un seau rempli de terre, ils le vident petit à petit sur leur tête à l'aide d'une petite pelle. De dos, l'accordéoniste marche encore, elle ressemble à Pina. Une allure tout en épaule. Ça aurait pu être cette danseuse sur la route.

Avec moi, Barnabé regarde les images projetées sur l'écran lumineux, attentif, tous les deux envoûtés par la magie de Pina, comme deux enfants secrets dans leur cabane. Des mains, je caresse la tête tiède du bébé, il est mon garçon, un enfant à moi. Mes doigts reconnaissent chacun de ses traits, la forme parfaite de son crâne, le contour de ses deux oreilles, ses plis minuscules en haut de la nuque. L'amour maternel se diffuse comme un sérum. La maternité aussi est une histoire de magie.

D'un coup, la scène s'élargit. Un homme porte un habit de femme. On se dit tiens, un homme en robe. On le regarde. Après quelques minutes, ça devient normal. Il joue à un, deux, trois soleil. Il repart, épluche des oignons face au public, d'autres ramassent les épluchures pour s'en frotter le visage. Une femme lit une lettre de son père, une autre crie à l'aide, une autre encore imite ses parents qui l'engueulaient petite, vilaine, ça suffit maintenant ! Mais ça ne suffit pas. Ça ne suffit jamais avec Pina.

On demande aux danseurs de montrer leurs passeports. C'est la dictature qui règne. Ils révèlent leur identité, ils sont à bout de souffle. Comme moi allaitant Barnabé. Je me sens épuisée, je nourris jusqu'à la fatigue. Mais la danse me bouleverse et me fait taire. Au dernier tableau de *Nelken*, les œillets de la scène sont tous écrasés. Les danseurs les ont piétinés jusqu'à la mort. Le rose a fini par ployer. Un danseur s'approche avant le salut et dit :

« Elle est encore jeune et pétulante, ça vous plaira beaucoup plus et à moi aussi. »

J'ai arrêté le sein. Ça prenait trop de temps, Barnabé me rejetait une fois sur deux, ça finissait par me vexer. Il n'y avait que Pina pour affamer Barnabé. Je repassais les DVD en boucle et le gosse s'assoiffait. Automatiquement, je virais jalouse.

Sans Pina, Barnabé me dit non. Surtout le soir, pas question de mettre la bouche. Barnabé tourne la tête et me refuse. J'ai l'impression d'être une perdante. Pas même capable d'ouvrir la vanne pour enrichir son petit. J'en ai voulu à Barnabé au début. J'avais envie de lui crier dessus, de forcer ses lèvres sur ma poitrine pour qu'il me déguste. Dans la colère, j'ai pensé qu'il le faisait exprès, sa façon de me dire, maman, maman chérie, je sais ce que tu as fait.

Ma mère me recommande de passer au lait maternisé. Mais chez moi, il n'y aura pas de produits d'industrie, ma mère insiste, me sermonne cordialement. Au téléphone, je demande l'appui de Sandra. Elle aussi veut me convaincre. Pour la croissance la première année, tu sais, il lui faut du fer et des vitamines, penses-y.

Les autres mères aiment faire la leçon. Se la jouer modèles. Montrer l'exemple parce qu'elles se sont sacrifiées les premières. Mais je sais m'y prendre. C'est mon enfant. Pour son bien, je passe mes matinées à la médiathèque avec la vieille bibliothécaire, je me renseigne, je lis beaucoup de choses sur l'éducation. Je sais de quoi je parle. Les livres que je lis, ils ne mentent pas. Je préserve mon fils de tous ces poisons, ces produits laitiers qui encrassent le corps, ces viandes requinquées à l'hormone et à l'herbicide. Je l'éduque comme je le ressens. Fini le bœuf saignant et la chair de poisson, je laisse les animaux vivre en paix. Mon corps suit le même régime alimentaire, il maigrit tout à coup, dans le miroir, c'est beau et plein de vie. Je me sens plus forte, plus éveillée. Il ressemble à celui de Pina, son allure nue, tissée de creux. Barnabé se fait à sa nouvelle alimentation. Il y a des choses bien pour lui, des carottes, de l'avocat, des graines que j'écrase avec amour pour qu'il vive vieux. Barnabé mange à sa faim, il fait son rot à chaque fois, il adore ce que je lui prépare, en redemande, surtout les amandes. Avec les oléagineux, il mange beaucoup plus. Sa mine est meilleure, il a l'air intrépide. On se nourrit ensemble, sans les autres. On vivra plus qu'eux.

J'ai été femme de chambre, serveuse, baby-sitter, caissière d'une petite épicerie. J'ai travaillé dans le social et dans le médical. À partir de quinze ans, j'accumulais les boulots saisonniers payés au lance-pierre. Pire, au lance-flammes. C'était l'époque rude, ma mère avait des problèmes de liquidités, son bar prenait l'eau. J'ai commencé à travailler toute jeune, à huit ans, pavanant devant les objectifs, j'offrais ma silhouette de nymphette bête et innocente aux vieux publicitaires. Des contrats courts. Des petits contrats de pub quand ma mère croyait encore en moi. J'étais sa bouée de sauvetage. Des castings interminables souvent soldés par un échec, ma mère m'épaulait comme une meneuse de revue, elle m'entraînait au sourire, à la pose, au menton haut, ma mère réveillait l'enfant aguicheuse. Puis, quand ma beauté a fini par lasser, j'ai accepté beaucoup de choses. Maintenant, je peux même inscrire tueuse sur ma carte de visite.

De mon plein gré, j'ai signé pour l'usine. Il n'y avait plus d'opportunités à Paris. Voies exténuées, les unes après les autres. Je frôlais le verdict RSA et banque alimentaire. À cette époque, je me sentais en danger, j'aurais pu faire n'importe quoi. J'avais de l'expérience en tout, des compétences nulle part. La conseillère de Pôle Emploi ne savait plus comment m'aborder, la figure lâche. Elle fixait son ordinateur comme si une offre allait miraculeusement lui apparaître aux mirettes. Je lui disais que j'étais une débrouillarde, si bien qu'elle me proposait des trucs cons. Une fois, elle m'a demandé, fauconnier, ça pourrait vous intéresser ? J'étais à deux doigts d'y aller à la griffe.

À force de défaites, la conseillère me prenait pour une attardée. Elle me demandait d'une voix obséquieuse si j'appelais bien les numéros et si je disais bonne journée à la fin de mes conversations téléphoniques. Oui, madame Perez, j'ai appris à parler comme il faut, je sais appuyer sur dix touches sans me tromper. Je fais mes devoirs, madame Perez, je candidate partout, j'appelle, insiste, harcèle d'une voix sans détresse. Promis, madame Perez.

Mais les réponses se faisaient rares à l'époque, jamais personnalisées, on me disait d'aller voir ailleurs avec des formules toutes faites. La reléguée de service en a eu marre. J'ai commencé à mentir sur le CV. Pas d'énormes foutaises, quelques diplômes basiques, des missions, des logiciels. J'ai pas non plus ajouté ceinture noire de taekwondo à la case des loisirs. J'ai rien dit à la conseillère, je faisais mes tours de passe-passe de mon côté. À force de combines, tout devenait accessible. Chef d'orchestre, institutrice, grand manitou. Diplômée en supercherie, j'ai fini par trouver. Standardiste en usine, c'était pas le grand rêve mais c'était de mon calibre. J'ignorais comment taper à la machine, j'ai fait semblant. C'était l'entreprise, la carrière, l'évolution. Il fallait employer les grands moyens.

Depuis que Barnabé s'est installé dans ma vie, je ne pense plus à l'usine, je fais un break, je ne pense même presque plus à Bruno. En ce moment, Barnabé ne fait pas ses nuits, il se réveille sans jamais crier, sa respiration siffle à mes oreilles. Le petit fait des crises, comme de l'asthme. Ses yeux coulent telles deux petites rigoles, il suffoque et me regarde en silence, l'air désolé. Je l'apaise avec du miel d'euphorbe, il est trop jeune pour les comprimés. Peut-être que mon bébé est anxieux. Peut-être qu'il comprend que quelque chose se trame contre sa mère.

En le veillant jour après jour, j'ai l'impression d'être sous acide. Je déambule, éreintée, tandis que Barnabé dort un peu. J'en profite pour me consacrer aux rituels du matin, les appels à la police et les visites au cybercafé. Sous son béret de vieux briscard, le commerçant du cyber me reconnaît. Pas bon signe. Je dois me montrer plus discrète à l'avenir.

Je tape l'adresse et le mot de passe de ma messagerie sur l'écran. Une page de publicité s'ouvre pour un site d'escarpins, comme si je pouvais me les payer. Je reçois des tas d'e-mails pour la Clio. Un jeune de Belgique m'écrit. Il fait des fautes d'orthographe grosses comme des mains mais il semble intéressé, on échange un peu, on se met vite d'accord, il paiera cash lorsqu'il viendra un soir avec sa mère. Je lui donne rendez-vous sur le parking près du marché chinois. Pas un chat à cette heure-là. Ma mère s'occupera du petit, elle qui en crève d'envie.

Je lui dresse une liste d'interdits pour l'enfant. La première fois, ma mère avait fait n'importe quoi. Elle doit respecter les consignes et surtout ne pas le nourrir avant mon retour. Elle répète qu'il semble fatigué, qu'il lui faudrait un peu de forces et de produits laitiers mais ma mère sait que je ne transige pas. Je l'ai surprise une fois alors que je sortais de la douche, elle lui donnait en douce des petits morceaux de gruyère. J'étais furieuse, j'ai gueulé comme un putois et je l'ai mise dehors.

Sur le parking du marché, j'ai l'air serein, une banlieusarde sans histoire, sans casier judicaire. Pour la carte grise, j'ai fait le nécessaire, j'ai rempli un faux formulaire pour la casse. Venus de Bruges, le type et sa mère me remercient, c'est une sacrée affaire. S'ils savaient. Le jeune démarre le moteur, fait un petit tour du parking et teste le système de freinage. Il paraît satisfait. La mère jette un coup d'œil à la carrosserie. Ils étaient au courant pour les taloches sur la tôle mais la bonne femme examine. Elle s'approche du capot, fait le tour, vise les recoins. Elle examine sans rien dire. Je m'efforce de garder mon calme. Je suis une banlieusarde avec si peu d'histoires.

Avec Bruno, on allait à la fête foraine. On sympathisait avec les gars, Bruno se sentait proche d'eux, il connaissait bien la route et la vie branlante. Les saltimbanques nous offraient des tours gratuits, des coups de carabine et des beignets trop cuits. On arpentait les manèges, des autos tamponneuses à la boule de la mort. Tous les deux noués au slingshot, catapultés à vingt mètres dans le vide, on criait de concert, terrorisés, contents d'entendre l'autre hurler plus fort encore. On se couchait tard, on se levait tôt. Il n'y avait pas de fatigue. Ça tournait bien.

On se payait des petits restaurants pas chers, à tour de rôle, la parité. Les spécialités du Nord. Notre foie en avait ras le bol. Comme moi, Bruno n'était pas du coin mais il aimait traîner ses guêtres dans le secteur. Avant de le rencontrer, je ne m'attardais jamais après le boulot, je préférais être dans ma tour d'immeuble plutôt que devant un cocktail avec les secrétaires et les assistantes de direction. Elles jacassent trop. Elles se détestent, elles s'allument à tout bout de champ. C'est la guerre tous les jours et les apéros tous les soirs.

Bruno m'apprenait à vivre comme une fille du Nord à l'accent raboteux. On s'enfilait de la tomme au foin, des ficelles, des tartes au maroilles, ça reniflait sec. Je restais parfois chez lui le week-end quand il me demandait. Je ne disais jamais non, pas envie de me faire prier. On espionnait les parents qui attendaient leurs gosses, le samedi midi, à la grille de l'école, une canette de bière à la main. Ils buvaient en public, c'était presque normal ici. Les gens avaient la tête morflée mais ils étaient gentils. Toujours aimables. Le sens du contact. Beaucoup de mères adolescentes attendaient les petits frères et sœurs sortant de classe, elles tenaient des poussettes plus larges qu'elles et des nourrissons qui dormaient à poings fermés. Elles avaient eu des rêves de pavillon modeste à la découverte de leur grossesse mais les petits copains s'étaient tirés fissa, pas envie d'un marmot, d'une petite femme chiante à vergetures, de tous ces futurs Noëls à trois avec un ficus décoré en guise de sapin près de la poubelle. Après l'école, les adolescentes faisaient un tour dans le centre-ville, elles la jouaient coquettes du côté d'H&M. Leurs mômes pleuraient à tout rompre dans la baraque, ils avaient faim mais elles continuaient à se chercher des petits tops en solde et des leggings motif galaxie. Dans le magasin, les adolescentes furetaient, se regardaient longuement dans le miroir des cabines d'essayage. Elles voulaient faire les belles, elles sentaient le désespoir. L'une d'elles, seize ans à tout casser, avait un coquard en plein sur le visage. Elle avait l'air prête à tout.

Dans le Nord, j'ai compris que la misère recelait une vérité différente de la banlieue, frontale. Rien à voir avec nos cités, nos appartements mornes, nos balcons noircis par la pluie, nos carrelages de cuisine fêlés qu'on remplace par du joint blanc, nos pommeaux de douche qui crachouillent mollement l'eau au visage. Dans le Nord, la misère était raide. Elle était toutes les rues. Tous les parcs jusqu'aux gares modestes où certains trains s'aventurent. On semblait vadrouiller à l'étranger, dans des venelles de corons dépeuplés, avec cette impression que les gens que l'on croisait dans le bus un samedi après-midi, énervés et alourdis par leurs sacs de courses, parlaient une autre langue.

Avec Bruno, on prenait souvent le bus pour visiter les alentours. Arras, Amiens, Compiègne, ça n'était pas Venise mais ça avait son charme. Les mioches couraient dans l'allée du bus en hurlant, ça sentait mauvais, ça sentait la couche sale. Les pères ne se bougeaient pas pour les arrêter. Ils restaient assis à discuter à la paisible alors que les mômes se prenaient des roustes par leurs mères parce qu'ils gênaient leurs conversations. Ils se parlaient mal entre eux. C'était le plus rude pour moi. Je suis pas Nadine de Rothschild mais ça m'attaquait sec.

Ma mère m'appelait beaucoup à cette époque. Elle s'inquiétait de mes absences et rendait visite à mes voisins de palier qui ignoraient où j'étais. Elle me laissait des messages dramatiques sur le répondeur pour avoir quelques nouvelles. Je n'ai pas voulu lui raconter. Lui dire quoi ? Ma liaison intérimaire avec un routier paumé ? Je voulais vivre mon truc. Je voulais le vivre jusqu'au bout. Les semaines s'égrappaient, la mission de Bruno allait sur sa fin, j'étais convaincue qu'après il partirait. Il n'allait pas se poser ici et acheter un sommier.

Bruno est reparti le jour où mes doutes se sont confirmés pour le bébé. J'étais aux toilettes de l'usine, le test entre les cuisses, je chialais en silence pour que les ouvrières des cabines d'a côté ne s'aperçoivent de rien.

Le soir même, Bruno prenait ses cliques et ses claques. C'était un vendredi soir, on aurait pu passer un dernier week-end ensemble mais Bruno préférait rentrer chez ses parents en Poitou-Charentes. Je n'allais pas le supplier. Ce jour-là, il est venu à l'usine, le matelas et la playstation dans le coffre. Il m'a embrassée en public pour la première fois. Il a proposé de me conduire à la gare mais j'ai prétexté un apéritif avec les secrétaires alors il a haussé les épaules et m'a dit à plus tard, ma belle. C'était cliché mais ça m'a démoli le ventre.

Je pouvais pas lui dire pour l'enfant. J'étais trop assommée. Après son départ, je me suis retrouvée comme abandonnée sur le parking, j'ai marché jusqu'à la gare pour retrouver ma banlieue, ma misère à moi.

En chemin, je pensais au bébé, à Bruno, à la vie idéale qu'on n'aurait jamais. Sur le quai, une mère adolescente était là, un visage de taches de rousseur, du charme. Son bébé était minuscule, couvé dans une vieille poussette. Elle guettait l'arrivée de quelqu'un. J'espérais bêtement qu'il s'agissait de son copain, le gentil papa dévoué, leur petite famille unie, qu'ils repartiraient heureux et ensemble. J'ai attendu devant les rails. Mon train est arrivé. Une femme a rejoint l'adolescente, sa mère certainement, il n'y avait pas un grand écart d'âge entre elles. Elles sont reparties sans se parler, la même démarche abandonnée. À mon tour, je suis montée dans le train.

Il était temps de rentrer.

Dans les pièces de Pina, il y a des vélos. Des accordéons. Il y a des ensembles en porcelaine. Des robes de toutes les couleurs et de toutes les tailles. Il y a des bateaux et des fleurs. Des ballons de baudruche, des tables et des chiens. Des cataractes d'eau. De la terre, de la pluie, de la neige, du temps qui passe. Des murs que l'on abat, dans une fumée qui fait tousser la salle. Dans ses spectacles, il y a même un hippopotame. Il y a des poupées, des miroirs, des cartons, des femmes qui fument et qui écartent les cuisses, qui caressent et qui crient. Il y a des petites âmes. Des canapés barbus, des chaises rasées de près, des bâtons de ski, des masques de plongée, un trou. Un arbre centenaire porté à bout de bras par une danseuse. Des échasses et des seaux. Il y a des chanteurs, des photographes, des mendiants, des éphèbes qui triment, des gens fous et des gens tristes. Il y a des pique-niques et des travestis, des aristocrates, de la bouillie, une cantatrice en robe de mariée. Il y a un petit embryon dessiné au marqueur sur un ventre vide. Il y a des cheveux toujours dénoués, des chevelures libres, mouillées, tirées, malmenés, placardées au mur par quatre bouts de scotch. Pina, dans son chignon bien rangé, est là, vivante, puissante, tout autour.

Avec la bibliothécaire du quartier, je conclus un pacte. Je l'aide à ranger les livres à l'ouverture de la boutique, en échange, elle transfère des ressources sur Pina auprès de la réserve centrale. Je reçois une livraison une fois par mois. Des textes sur sa danse, de rares captations, beaucoup d'albums photos. J'ouvre les paquets comme une adolescente en rut.

La bibliothécaire ne pose pas de questions. On s'arrange en silence, je me fais à sa paresse, elle s'adapte à ma dinguerie.

Ça devient un rituel. Les après-midi enfermés à la maison, Barnabé, Pina et moi. J'installe mon bébé sur moi, placé sur mon ventre, peau contre peau. Il est déjà plus agile maintenant, plus souple, il sait sourire, il empoigne parfois des petits objets qu'il refuse de lâcher, victorieux. Il est attentif à la musique, aux couleurs. Je lui montre le rouge et le vert, je touche du doigt les objets à sa portée, Barnabé me contemple de ses yeux bleus, il s'éveille. Barnabé aime Pina autant que moi. Je présente à l'enfant des photos amusantes de ses danseurs qui font les pitres, exhibent leurs fesses, font du tricycle, éclairent l'intérieur de leur bouche avec un briquet avant de s'inviter dans le public pour servir le thé. Barnabé est réceptif, il est concentré. Il fixe encore plus, ses regards en cils ressemblent à des fleurs. Pina l'éduque avec moi, elle qui a tout saisi. Les vidéos des spectacles, je les abrite dans un tiroir, rangées prudemment comme des bijoux qui coûtent des baraques. Il y en a si peu, Pina n'aimait pas être enregistrée. En boucle, je regarde avec mon fils les seules que j'ai empruntées à la bibliothèque, *Nelken, Barbe-Bleue, Kontakthof*. Je les visionne des dizaines de fois jusqu'à ce que la nuit tombe, jusqu'à ce que la musique s'imprègne, que les pas se gravent dans ma chair. Jusqu'à ce qu'au fond de moi, la danse pénètre.

Dans ma banlieue en béton armé, ça manque de vent. Le vent ne s'aventure pas jusqu'ici, il s'arrête lâchement aux portes de Paris, sur les rails du vieux RER, contre l'acier. L'herbe jaunit sous le soleil, les squares changent de couleur, on dirait du foin. Quelques familles partent au bled pour les vacances, les valises pleines à craquer sur les galeries. D'autres filent en Bretagne, chez une tante sur l'île d'Ouessant ou au camping de Cabourg. Même la nympho débarrasse le plancher. Je me retrouve seule avec l'enfant. Il vient d'avoir un mois.

Quand j'apparais à ses fenêtres, le petit vieux du rez-de-chaussée m'attrape au harpon. Il n'est pas avec vous, votre bébé ? Joseph s'interroge, il a l'habitude de scruter toutes mes allées et venues, prolixe en questions. Je me laisse faire. Je réponds souvent. Il est le seul pour qui j'ai l'air d'être une mère modèle.

Joseph est un vieux curieux mais pas intrusif. Il a le contact facile. À la recherche d'une accolade à chaque regard. On discute parfois quand on se croise. Il traîne dehors en babouches, il prend soin de l'immeuble, il dépose des plantes bon marché dans le hall près des corbeilles sans fond, il les entretient, les arrose, passe le balai sur les paliers, personne ne lui demande rien mais Joseph aime bien rendre service. Le vieux prête attention à ce qu'il n'y ait jamais de trafic dans les caves, il rôde dans la cage d'escalier, que quiconque ose le défier. Joseph a l'air fatigué ces derniers temps, sa figure paraît lourde et émaciée. Sa voix résonne de moins en moins à travers les étages.

Ce matin, Joseph accepte de me laisser partir sans interrogatoire. Il voit parfaitement que je suis contrariée. Les appels aux commissariats n'aboutissent pas. Toujours le même constat, scooters dérobés, larcins, vols de porte-monnaie sur grands-mères confiture. Il m'en faut plus. Il me faut des avis de recherche. Il me faut des enquêtes et des faits.

Avec le policier du standard, je fais naître une complicité. J'y veille chaque matin, en abandonnant lâchement Barnabé. Je pars à la cabine. Je compose le numéro. Police, il décroche. Ma voix s'enthousiasme. Je continue mon rôle de journaliste un peu sotte. Elle me plaît assez. Je l'imagine avec sa tunique à dentelle, ses escarpins et son attitude jusqu'au-boutiste. Au téléphone, j'ai le timbre raffiné, enjoué mais pas pute. Je le fais rire à l'autre bout du fil. Je prends de ses nouvelles. Ça fonctionne à plein régime. Son ton s'adoucit, le policier lâche ses infos.

L'accident de voiture, il y a du nouveau ? Je bluffe. J'improvise. Ce délit de fuite le mois dernier. Accident de la route. Une nuit. Je crois. Je peux me tromper. Votre collègue m'en avait parlé. Je ne sais plus trop.

Le flic paraît comprendre.

Il était tard, me répond-il. Les gars ont pas vu grand-chose. Ça s'est passé avenue des Nations. Rien de tangible. Heureusement un témoin a vu l'accident, un éboueur pendu à son camion. Le chauffard aurait percuté un tiers puis se serait fait la malle. Ni vu ni connu. Ça aurait pu se régler rapidement mais le camion-poubelle a continué sa tournée. Ils étaient loin, il faisait nuit. Le témoin n'a vu ni la marque de la voiture ni sa couleur. Une énigme. Ça arrive souvent, vous savez. On a l'habitude. Ce qu'on sait, c'est que c'était un petit engin. Un modèle passe-partout. Les gars sont venus sur place avec la voirie et les pompiers. Ils sont restés comme des cons sur le trottoir. Il n'y avait plus personne. C'était à se demander si c'était pas un canular. À peine quelques particules de phares étalées sur la route. On a retrouvé une cigarette, en plein milieu de la route, comme déposée. Il pouvait être à n'importe qui, ce mégot, on pataugeait. Le plus étonnant, c'est que la victime avait disparu. Partie sans laisser de trace. La route était nickel. On a cherché dans le coin, les hôpitaux n'avaient personne. La victime s'est volatilisée dans la nature.

Devant ma curiosité, le policier poursuit son histoire.

L'enquête moulinait jusque-là. On allait la mettre au second plan mais le témoin est venu au commissariat. Il a mis le temps mais il est venu. L'éboueur aurait fourni quelques détails. Ça ne s'est pas passé comme on l'imaginait. On est repartis de là. Mais je peux plus rien dire, vous imaginez bien.

En raccrochant, un frisson m'attrape. En me perdant sur les chemins ce soir-là, je me souviens d'avoir pris plusieurs arcades. Il y avait beaucoup de lumières, des feux rouges aveugles et des spasmes. J'ai bifurqué. J'ai tracé. J'ai ripé. Dans ma petite voiture, j'ai braqué avenue des Nations, jusqu'à cette cigarette.

Pina est comme un passé trouble.

Elle a disparu de la route. Elle s'est volatilisée, tour de charlatan, fidèle à ses spectacles. On a récupéré son corps fauché. On l'a déplacé. On l'a abritée, peut-être l'a-t-on soignée avant qu'elle ne succombe à ses blessures. On a fait ce que je n'ai pas fait pour elle. Alors forcément, quelqu'un d'autre sait pour Pina et moi.

Dans les ballets de Pina, il y a son absence. Il y a surtout la peur de faire.

Quelqu'un m'a vue cette nuit-là percuter cette femme. Quelqu'un d'autre que moi a vu la scène de fin. Celle où j'ai assassiné Pina de sang-froid. Descente brutale. Glissement. Faux pas.

Sur scène je regarde Pina à travers ses danseurs. Se dessinent des gestes violents. Des gifles barbares, des coups navrants, des gestes tristes à pleurer, mes yeux noyés, on dirait deux grandes vitres. Pina rend tout ça hilarant. On rit alors d'eux, l'acharnement, la gêne, la solitude des gens. On ne devrait pas. On devrait s'abstenir, s'excuser, compatir. Mais on rit.

Mes scènes préférées défilent. Pina, sa folle poésie, sa mutinerie de brigand, Pina, écumeur des mers, pillant les trésors, dérobant tout sur son passage, Pina, le papillon de nuit aux ailes fragiles, l'insecte tordu qui se carapate sous les tapis, ses petits pas de gamine quand elle se cachait dans le grenier de l'auberge familiale. Le visage dans le noir, Pina montre les ruptures amoureuses, les berceuses qu'on n'entend pas, les grenades qu'on dégoupille pour le plaisir du bruit, les corps qui crèvent et qui se dressent, les larmes et la sécheresse. Elle montre le beau et le minable. En long en large, je regarde les gestes de celle que j'ai abandonnée sur la route et, à gorge déployée, je m'esclaffe.

On rit parce que c'est d'abord le plus facile.

Au début de ma grossesse, je vis une petite histoire avec un homme. Un amant éphémère pour tirer un trait sur Bruno. La trentaine aisée. Mince, élancé, rasé de près, le type prévisible, à jour dans ses factures, les dents blanchies chaque année chez son ami dentiste. Un homme bien. Pas du tout mon genre. L'amant est marié mais étonnamment heureux en ménage. Pas de risque qu'il plaque tout pour moi, qu'il envahisse mon espace et qu'il désire reconnaître mon bébé. Je le choisis pour ça.

Longtemps je lui ai résisté, il revenait à la charge discrètement. Il m'écrivait des mots à la main, il y mettait du sien, il aimait les assonances, il m'offrait des valises pleines de voyelles et de fautes d'orthographe. Chez lui, c'était touchant, cet homme bourgeois abonné aux fautes d'orthographe. Ses erreurs devenaient belles, on aurait dit des bosses, des couleurs qui égayaient mes yeux. Je les lisais, ses mots mal écrits sortaient de leur trou, ils glissaient, se déguisaient, ils inventaient des formes, enfilaient des chaussures trop grandes pour aller se pavaner ailleurs, là où les sens s'en foutent.

Lui et moi, ça a commencé sur un baiser volé. Une histoire d'hormones, en début de grossesse, le corps qui réclame ce qu'il ne connaît pas. Confus. Envie de tendresse et de patate douce.

Depuis plusieurs mois, on se voit en cachette, chez moi. En début de soirée, quand l'amant s'invente des dîners professionnels et des obligations. Il passe parfois quelques nuits mais le matin, il se montre hagard comme s'il regrettait. Pourtant il continue de m'écrire. Il vire obsessionnel. Il me réclame, il veut me voir, c'est sa phrase. Il me l'écrit dès qu'il pense à moi, ces petites phrases dont il a le secret et qui me font gonfler comme un ballon. Ses pensées courtes, doucereuses, qu'il me concocte entre deux réunions ou quand il s'éloigne de sa femme, le caddie aux mains, au rayon ampoules électriques.

Il m'arrive parfois d'avoir des états d'âme. Je pense à sa femme, peut-être que je lui fais du mal. Lui me certifie que sa femme s'en fiche, que pour eux, la fidélité, c'est tout sauf ça. Je veux bien le croire. Mais quand je le vois la prévenir fébrilement d'un retard, j'émets des doutes.

Mon amant a ce côté jamais rassasié, estomac aux abois qui finit l'assiette goulûment. Il veut toujours partir en voyage de dernière minute à Honfleur ou Deauville pour un week-end de trois jours. On ne concrétise jamais rien. On reste claquemurés dans ma banlieue sans vie, deux poissons décérébrés dans leur bocal. Je dis rien, je lui embrasse le cou dans le fantasme d'une promenade en Normandie et d'un plateau d'huîtres. L'amant s'en va le lendemain matin, il me laisse un mot doux sur la table. Sa trace, son rite. Option bosses d'orthographe.

Je ne m'accroche pas à lui, la tête froide, rien à voir avec l'amour. Pas de coups de sueur, de croisade, de battements. Mes sentiments sont en calcaire. J'apprécie ces moments comme un bon passe-temps, un abonnement piscine, une passade avant la vie maternelle. Au début, il ne sait pas pour le bébé. Personne ne sait. Les premiers mois, mon corps fait illusion.

Quand je lui dis enfin la nouvelle, il panique soudain, la menace du test paternité planant. En calculant les semaines, il comprend très vite qu'il n'est pas concerné, il expire un coup, presque content. Pas pour moi ni pour ce bébé mais parce qu'il demeure le seul homme actuellement dans ma vie. Passer après quelqu'un ne lui dit rien, l'exclusivité l'excite. Je me mords l'intérieur des joues pour ne pas le gifler.

Avec le temps, ses visites s'espacent, la réaction était attendue. Parce que mon ventre prend du volume, enfle, se tisse en vergetures. L'amant est mal à l'aise. Le bébé existe. Il devient un espace, une forme dessinée sur mon corps. Mon allure, elle, devient maternelle. L'amant me fait faux bond, ses petits mots s'amenuisent, il me dit avoir pas mal de travail mais il pense à moi. Je comprends sa fuite. On ne tombe pas enceinte quand on est une maîtresse.

Alors je le laisse s'excuser, mentir, s'absenter, jusqu'au jour où j'en ai ma claque. Où de moi-même je résilie en bonne et due forme l'abonnement.

Je ne suis plus la même depuis ma grossesse. J'ai l'impression que mon corps me cache un secret. Je regarde la pendule, Barnabé qui fixe le plafond en silence, quelque chose m'échappe. Peut-être que ça me reviendra.

Grossesse, ça fait penser à promesse. Moi, ça me fait penser à ogresse. La faute à l'esse, à la carne au bout du crochet. Pendant neuf mois, je me suis sentie ogresse, j'avais faim et j'avais froid. Les mères épanouies diront que ce n'est qu'un détail. Mais dans la maternité, tout est détail.

Ma grossesse occupait le décor, elle mangeait, riait. Il n'y en avait plus que pour elle. Quand j'ai mis un terme à l'adultère, j'ai surnommé ma grossesse. Il fallait vivre avec elle. Je l'ai appelée Sylvia. Pendant neuf mois, Sylvia était dans le miroir. Elle me faisait penser à la mort. À cause de Sylvia, j'allais vieillir, éduquer, j'allais bientôt avoir quelqu'un sur qui veiller et pour qui pleurer.

Avec le temps, Sylvia me contemplait, je la contemplais. On était tolérantes l'une et l'autre. J'ai reçu la visite de Sylvia par hasard alors qu'elle, je pense, m'a cherchée longtemps. Peut-être qu'elle me guettait quand, à six ans, j'attendais ma mère sur des parkings vides ou quand j'ai passé le cap des saignements. Va savoir.

Plus les mois filaient, plus Sylvia transformait qui j'étais. Il y avait des poils à des endroits incongrus que j'enlevais à la pince à épiler dans la salle de bains en tirant la langue. Il y avait des envies bizarres de déguster du jus d'olives en pleine nuit, des crevettes, des pistaches et étrangement de la craie. J'étais assaillie d'odeurs qui me rendaient folle, l'odeur du pain grillé et des chaussures de sport, l'odeur chaude du plastique et de la semelle. Je n'en ai pas parlé à Sandra au risque de passer pour une tarée. Jour après jour, je ne me reconnaissais plus. J'aimais repasser le matin, lire les bulletins météo et me caresser les mollets en prenant le soleil sur le balcon. Sylvia m'inventait une personnalité. Je l'ai compris quand un jour je me suis vue nourrir les insectes avec magnanimité, moi qui d'ordinaire les aspire, les écrase, les étouffe au produit à meubles. À cause de Sylvia, c'était le danger. J'étais à deux doigts de caresser le dos d'une araignée.

Avec ma grossesse, j'ai fini par commettre le pire. Sylvia m'a poussée sur l'avenue des Nations. Mais je ne suis pas coupable. C'est la faute de Sylvia.

Cette manie du surnom, ça me rappelle les ouragans que l'on baptise avant qu'ils viennent détruire les villes. Mon ouragan à moi s'appelait Sylvia. Depuis toute petite, j'aime bien donner des petits noms aux maux qui habitent en moi. Mais avec les baptêmes, il faut faire attention. On ne bénit pas les ventres. On m'a punie ce soir-là sur la route. Le baptême, ça ne vaut que pour les ouragans et les étoiles, mais les étoiles, c'est différent. Elles veillent au loin, de l'autre côté, on les contemple en rêvassant. Les étoiles, je n'en connais aucune, je rate toujours quand il s'agit de les reconnaître, l'index au ciel. C'est pour ça que Pina a surgi devant moi ce soir-là. Elle m'a rencontrée de plein fouet, elle m'a guidée. Je crois que dans tout l'univers, Pina m'a choisie.

J'ai accouché maintenant. J'ai eu mal mais j'ai tout oublié. La naissance, c'est comme un tatouage. Le corps souffre mais il lave la mémoire.

Le policier m'a confirmé que l'enquête avançait.

En ce moment, les voisins rentrent progressivement de vacances, je ne leur fais pas le plaisir de remarquer leur bronzage dans l'ascenseur. Demain, Barnabé fête ses deux mois. Deux mois avec Pina et moi. Il faut que j'en profite avant que la police ne débarque. Pour l'occasion, ma mère offre un album à Barnabé qu'elle fait réaliser par un vrai photographe. Sous les projecteurs, Barnabé enfile un bonnet et une tenue de marin et je ronge mon frein.

Plus je regarde l'enfant et plus j'y pense. Son prénom ne colle pas. Ça ne va pas avec l'histoire. Finalement, je voudrais l'appeler Pina. Il lui ressemble. Il a quelque chose d'oublié comme elle. Ce sera un hommage et je l'élèverai mieux. Je ferai mieux attention.

Pas possible, madame. On ne change pas comme ça, on ne change pas sur un coup de tête. Un prénom, c'est pas une liste de courses.

Je crois que la secrétaire de mairie n'y connaît rien.

J'ai le droit, il est à moi, ce fils. Je peux faire ce que je veux.

Elle me scrute de haut, façon secrétaire de mairie.

Je me sens idiote mais je prends sur moi. Barnabé et moi, on ne repart pas vaincus. Je présente ma requête aux étages supérieurs, de bureau en bureau, couloir après couloir, jour après jour. On me dit que c'est trop tard, que c'est ridicule, que pour l'enfant ça n'en vaut pas la peine. On me répond sèchement, paroles de service public.

J'insiste, mon fils s'appellera Pina.

Je n'en démordrai pas. On peut nous évacuer à la grue s'il le faut, mon fils ne repartira pas d'ici orphelin. Les employés sont décontenancés. Avec mon bébé dans les bras, ils me prennent pour une folle. Pour une mère dépressive ou débordée. Je ne le suis pas. Je veux simplement que mon fils s'appelle Pina.

J'exige de voir le juge. Parfaitement. Mes mains deviennent raides et sévères. On me fiche à la porte. Parce qu'il est midi, ça suffit. Parce qu'il faut aller becqueter la salade Caesar qui attend à la brasserie.

En sortant, on me conseille d'appeler un avocat et de faire un recours en justifiant un intérêt légitime. Article 60 du Code civil. Je leur réponds merci. Mais j'abandonne, humiliée. Pina, ce sera un prénom secret. Son nom pour moi. Je le fais inscrire sur notre acte à nous et sur la boîte aux lettres. Pina sera son prénom usuel et mon fils l'entendra. Pina, ce petit prénom court, qui dit l'origine, ce prénom noué, bien vivant, enserré de virgules imaginaires, près de mon patronyme pour ne pas oublier ce qu'il s'est passé.

Tout le monde l'appelait Pina. On ne disait pas Bausch, on fredonnait Pina. On demandait des places pour Pina. On s'exclamait, un chef-d'œuvre de Pina ! On l'évoquait comme ça, par l'entremise de ces quatre lettres vives. Par ma faute, il n'y aura plus de chefs-d'œuvre de Pina. J'ai retiré la vie à un prodige. Je ne peux plus vivre comme avant. Les pas de Pina, les décors de Pina, le vertige de Pina. J'ai tué un prénom. Maintenant tout sera différent.

Les génies d'ordinaire, on les évoque par leurs noms, des patronymes qui restent. Scandés, répétés, gravés par l'encre et sur le marbre. Mais les génies ne sont pas comme elle. Pina, Philippina, est un esprit à part.

Mon petit garçon s'appelle maintenant Pina. Ma mère s'offusque quand je lui annonce la nouvelle. À quoi tu penses encore, Clémentine ? Tu n'es pas sérieuse, c'est trop tard et puis franchement, Pina ? Tu me fais une blague ? Décidément tu ne tournes pas rond depuis l'accouchement.

Quand ma mère s'indigne, elle cite toujours mon prénom. La première fois où je prends conscience de cette manie, c'est à six ans. Je vis avec ma mère depuis un an. Elle ne m'a pas choisie mais elle m'a adoptée. Je me fais à la vie de Paris et à celle de cette étrangère. Je dois l'appeler maman. Elle m'a bien accueillie à mon arrivée. Cette dame sur le quai de la gare, on me la présente. Elle devient ma mère. Elle devient tout ça. Elle tient un troquet sur une avenue très fréquentée près d'un supermarché et d'une station de métro, je me faufile sous les tables, je tends l'oreille, les travailleurs complet-veston prennent leurs cafés, les femmes s'y assoient après leur permanente chez le coiffeur. Ma mère les imite. Son collier de perles de culture au cou, sa mise en plis fixée à l'Elnett.

Quand elle me voit planquée sous les tables, ma mère me houspille. Clémentine, non, Clémentine. Ne fais la petite sauvageonne, Clémentine, tiens-toi tranquille sinon tu vas t'enlaidir.

Heureusement pour elle, je suis jolie. Pas l'avion de chasse de la NASA, mais pas trop moche, les traits symétriques, en harmonie. Ce coup-là, j'en veux à personne. Ils chassent au moins à la NASA ? Alors très vite, elle me peigne, badigeonne, choisit des tenues compliquées et des accessoires à la mode. Ma mère mise sur mon capital génétique qu'elle ne partage pas avec moi. Ça lui fait oublier son gras.

Je passe des castings pour des publicités, on ferme le café quelques après-midi. On commande le taxi pour ne pas que je salisse ma robe et mes souliers velours. Le tissu de la robe neuve me gratte, le serre-tête irrite mes oreilles, j'ai l'air d'une vieille poupée de grenier mangée par les mites mais c'est le prix à payer. Souvent, je rate. Pas retenue. Trop grande, pas assez gracile. Pas assez brune, pas assez blanche. Trop dissipée. Clémentine, ça suffit, comment tu vas finir ? Ma mère m'engueule dans le métro sur le chemin du retour. Un peu de tenue, tu fais exprès ? Tu as vu comment tu l'as regardé ce monsieur, moi non plus je ne t'aurais pas choisie. Enfin regarde-toi, Clémentine.

Je me regarde, je vois surtout que je n'ai plus droit au taxi.

À force de persévérance, je décroche quelques contrats. Des photos de catalogue, des affiches pour des hôpitaux ou des assurances. Succès modeste. Devant un drap blanc, on me fait poser en parka jaune. Je m'abrite sous un parapluie en secouant mes cheveux. Je joue par terre dans un jardin imaginaire, papa et maman imaginaires me regardent devant leur table en teck, amour imaginaire. Des cachets pour la toux, des pots de peinture, des complémentaires santé, je suis une petite figurante dressée par sa mère, flashs et coups de laque.

Ma mère me répond qu'à l'école, on se moquera de Pina. Personne n'aime les prénoms bizarres. Et pourquoi pas Abricot tant qu'on y est ? Les autres s'acharneront, ils l'isoleront. C'est ce que tu veux, Clémentine ? Les maîtresses lui demanderont l'origine du prénom. Il devra rendre des comptes, il sera gêné toute sa vie.

Pour l'origine, il n'aura pas à mentir. Mon fils pourra le dire, fièrement, l'origine c'est sa mère.

En suédois, Pina signifie torture, douleur, mal.

Pina n'est pas un prénom de garçon, voyons. Mais jusqu'à preuve du contraire il peut le devenir. Je me justifie devant la matriarche têtue. On dit que les hommes portant des prénoms se finissant en *a* ont plus de chances d'être heureux dans la vie. Je lui mens pour essayer.

En sranan, Pina veut dire pauvre, malheureux.

Pour l'école, Pina n'aura qu'à jouer la carte de l'exotisme, l'Italie, l'Allemagne, les légendes. Il s'y habituera, je lui apprendrai comment faire. Selon les dictionnaires, Pina est espiègle, caméléon, aimant jouer avec les mots. Pina a besoin de communiquer, d'échanger. Pina aime les changements, c'est un corps libre.

Mon fils ne sera pas le Pina qu'on croit.

Un jour, Pina a l'idée de faire apprendre à des seniors son vieux ballet *Kontakthof*. Pour l'occasion, elle et sa troupe postent des annonces dans les journaux de la région. Pina veut connaître les gens du coin, ceux qui vivent près d'elle. Elle travaille trop pour faire des rencontres. C'est un bon compromis.

Pour danser, Pina veut des amateurs. Elle veut *des corps imparfaits, des pieds tordus, de gros ventres, des cous fripés, des varices sur les jambes, des poches sous les yeux, petits, grands, gros, minces, certains encore beaux, d'autres plus très beaux. Des épaules qui s'affaissent, de fausses dents.*

Les vieux apprennent la danse. Les grands-mères enfilent les mêmes robes colorées que les danseuses de l'époque, les mêmes décolletés plongeants. Tous mémorisent les pas. C'est difficile. On trébuche, on se fait mal. Certains demandent à Pina de changer quelques mouvements. Pina dit non. Les corps vieillis sont confrontés à l'art. Alors ils se pelotonnent les uns aux autres, se déshabillent assis sur des chaises en se fixant des yeux. Ils pleurnichent, traînent la jambe, se tiennent les cheveux, sautillent comme des fillettes. Les vieux se touchent le corps, valsent seuls en se frottant l'oreille. Ils dansent.

Le ballet est renommé *Kontakthof mit Damen und Herren ab 65. Pour dames et messieurs de plus de 65 ans.*

Pina aussi aime rebaptiser ses enfants.

Ce matin, je reçois un courrier de la maternité. Ils sont navrés de m'annoncer ne pas avoir reçu l'accord de ma mutuelle santé et me demandent urgemment de régler le séjour à la clinique. Sur le courrier, il est écrit les dates et heures d'arrivée et de départ : mardi 30 juin 2009 à 1 h 06, vendredi 3 juillet 2009 à 11 h 04.

C'est la preuve. Je suis arrivée à la clinique en pleine nuit. La sage-femme en salle de travail disait vrai. Une arrivée si tardive malgré mes souvenirs. Pourtant je me remémore mon départ de l'appartement, la nuit venait de tomber, Dalida chantait, la voiture était garée tout près. Je me souviens du choc ensuite. Après, plus rien. 1 h 06. Que s'est-il passé ? Incompréhensible. Il me manque une étape de l'histoire. Plus qu'un vide dans ma tête. Une illusion de mort.

Pour me rappeler, je pars à la recherche du sac d'affaires remis par l'équipe de la maternité à ma sortie. Il contient mes habits portés ce soir-là, le sac était en plastique jaune. Ou bien mauve. Je fourrage dans l'appartement. Peut-être qu'il était bleu. Je vide les armoires à coups de bras. Les affaires s'étalent. Mes vieilles jupes, mes livres scolaires, des guirlandes de Noël, des souliers de poupée, je déverse tout au sol. J'essaie de m'accrocher à un détail de cette nuit passée. Un panneau sur la route, une chanson à la radio, un indice. Je mets enfin la main sur le sac vautré derrière des boîtes à chaussures. En l'ouvrant, une odeur forte s'en dégage, une odeur d'eau. Je retrouve mon jogging sans élastique, ma bague laiton et mon t-shirt gris. Ça sent la marée. Je déplie mes vêtements, mon t-shirt brodé de maisons est comme recouvert d'engrais. L'odeur est tenace. De légères taches d'humidité incrustent le tissu, des auréoles suspectes. Je gratte avec l'ongle, renifle. Ça sent la terre à plein nez.

Sandra est mon amie. Vraie de vraie. Elle et moi, ça fonctionne en musique. Depuis le début. Il y a huit ans. Je ne mérite pas une amie comme elle.

Sandra sait ce qu'elle veut, elle négocie toujours comme si elle était au souk. Mais avec moi, sa générosité est totale. Les trois premières années, on était tout le temps fourrées ensemble. Deux idiotes qui s'en contrecarrent du reste du monde, les îles pouvaient disparaître des océans, on était les seules vies qui comptaient. Je n'avais pas le permis de conduire à l'époque, Sandra m'emmenait partout, on allait jouer au casino sur des coups de tête, on mettait du rimmel et du blush rose gloire, on allumait les vigiles sur leurs beaux tapis brodés, on gagnait jamais, on riait, on encourageait les petites vieilles cramponnées à leurs machines à sous, on leur faisait des chorégraphies de pom-pom girls, les veuves avaient des lingots en or massif dans le regard. Des yeux en forme de dollars. Peut-être que c'est la mort qui provoque ça. On prenait la route vers le Sud, Sandra carburait aux chansons de Bowie, des Bangles, Prince était là aussi, on roulait la nuit entière pour voir les vallées au lever du soleil. On faisait silence. C'était la beauté partout. On repartait comme des femmes bénies puis on se payait des gueuletons dans des guinguettes bien jolies. On était contentes. On vomissait le long des autoroutes.

Je n'avais jamais vécu ça. Tailler la route et la bavette.

Sandra pouvait faire la capricieuse, une vraie diva parfois. Toujours à désirer de belles fringues, des bijoux, des hommes puissants. Elle a été reine d'une petite principauté dans une autre vie.

Au moindre regard, nos rigolades démarraient au quart de tour. Les gens nous dévisageaient, ils pensaient qu'on était deux petites méchantes pète-sec alors qu'on était seulement en train de rire. Le rire, c'est de la pure bonté. On avait les cheveux en vrac, le rimmel avait dégouliné sur nos belles joues rondes, on ressemblait à deux attardées dans leurs blousons en cuir. Mais Sandra prenait soin de moi. Elle me chouchoutait avec son lot de petites surprises. Le train-train devenait une fanfare de cuivres, on marchait ensemble, des bouquets de roses dans la tête. Les premiers temps, ça me mettait mal à l'aise. Toute cette amitié, cette énergie. C'était la première fois. Mon corps trouvait ça excessif. Je m'y suis faite parce que Sandra montrait le meilleur d'elle. Grâce à elle, j'ai arrêté d'être une plouc. J'ai arrêté la frange et la cigarette à rouler. J'ai changé ma garde-robe. Ça a beaucoup plu à ma mère. Elle me trouvait radieuse, fonceuse, elle pensait que je devenais adulte. Ma mère a tout de suite adoré Sandra. Pour elle, c'était un miracle que Sandra se trouve sur mon chemin ce jour-là, dans ce café près de la gare. Elle s'était assise à ma table tandis que je sirotais un petit noir, la tête soucieuse. Elle m'avait dit que j'avais un teint de nacre.

Sandra me sent perturbée en ce moment. Ses visites à l'improviste me crispent, j'entends la sonnette, je pars vite éteindre la musique de Pina, comme prise en flagrant délit. Sandra est observatrice, elle me regarde façon détective. Sandra m'épaule quand je vais mal, lorsque plus rien ne sort, lorsque j'ai la bouche sèche et des crampes taillées dans le visage. Sandra m'a initiée à la méditation, elle m'a appris le jonglage et le plaisir des promenades près des lacs. On marche toutes les deux près des barrages, des étangs, attentives à suivre le lit des rivières. Mais cette fois, je ne sais pas comment lui dire.

À Wuppertal chez Pina, c'est le foutoir. Depuis 1978 où elle prend possession de ce vieux cinéma. Le sol est recouvert de cordes et de vêtements froissés. Ça fait taudis, pesterait ma mère.

Pour Pina, tout s'est créé ici, au palais de Lumière, depuis son ballet *Café Müller*. Mais il ne faut pas imaginer le conte de fées. Pina est comme tout le monde. Elle est assise, le regard dans le vide, elle ne sait pas ce qu'elle cherche. Elle veut danser mais d'abord elle réfléchit. Elle demande aux danseurs d'improviser. Elle balance des mots en l'air. Ballon. Pleine lune. Sentier. Ramequin. Elle ignore ce qu'elle cherche mais elle sait exactement où le chercher. Elle farfouille à la pioche. Elle pose des questions.

Que feriez-vous sous un pommier ?

Comment vous bronzez ?

Qui est l'enfant du square ?

Racontez-moi une petite tendresse.

Les danseurs se confient, s'agitent devant elle, s'agenouillent, se tordent, balancent leurs bras. Ils racontent tour à tour leurs petites tendresses à eux, leurs histoires intimes enfouies dans leurs gestes, des moments qu'ils révèlent en public pour la première fois. Pina les scrute avec une patience de damnée. Cela peut durer des heures. Ses yeux fixes comme ceux d'un vieux sage. Sa voix émet des hum, hum, *il faut essayer, c'est juste, ce n'est pas encore juste.*

Devant elle, les danseurs dansent. Ils essayent. Ils racontent des chagrins, des trahisons, des fous rires d'école quand ils avaient huit ans. Ils montrent ce que ça donne en vrai, sur scène. Ça sent la sueur. Ça a senti la sueur jusqu'au bout. À chaque création de ballet, Pina s'excuse. Elle souhaite leur demander pardon pour tout ce qui arrivera.

Pina adore la musique. Au début, elle choisit des partitions d'opéra en guise d'accompagnement. Gluck, Haendel, Stravinsky, Beethoven, du classique pour ne pas choquer les mentalités, parce que c'est joli et propre comme des éponges. Mais les lubies de Pina s'en sont mêlées. Elle ajoute ce qu'elle aime, Pina. Elle fait comme ça lui plaît. Des comptines, des chants juifs, tziganes, polonais, des musiques de cors de chasse et de la Renaissance. Des valses russes, le jazz de Billie Holiday et de Johnny Hodges, des chansons d'amour d'Éthiopie, des notes nippones, le verbe de Shakespeare, celui de Chaplin, les lamentos d'Espagne. La dame fait son petit tour du monde dans sa petite salle obscure. Elle peut associer Ella Fitzgerald et la musique de Nubie dans la même pièce, Boris Vian à Fred Astaire. Elle crée dans la surprise. Dans le vide. Dans l'accident. Pina veut défier la page blanche. Trente ans de pages blanches. À force, cela forme des bibles.

Pina part toujours de la même question. Que faut-il exprimer aujourd'hui ? Pina a tout compris. Elle fait cracher ce qu'on ne dit pas, notre passé, nos peurs, nos rituels insensés, nos petites têtes qui s'inventent un monde. Ça se frotte, ça se contredit, ça se fait violence. Pina en paie le prix.

La presse l'assassine à ses débuts. Pina a trente ans. Sa vision de l'art est idyllique. Mais le Monde dit qu'elle est un outrage austère. Exécution. On la traite d'insignifiante. En joue. Feu. Ses ballets, de petites provocations pour fêtes lycéennes. Ses danseuses, des perverses faisant glisser leurs bretelles de robe pour montrer la grosse poitrine des Allemandes. Ni une ni deux, on la fusille. J'imagine Pina lisant ces torchons d'un œil effondré. Ces coupures de presse juste bonnes à y laisser des pattes de gambas et des raclures de prune.

Lettres de menace, appels anonymes, quelques années pénibles. Pina ne change rien pourtant. Elle enchaîne les petits contrats d'un an aux quatre coins de l'Allemagne, sa troupe joue, Pina gagne à peine 2 500 marks par mois. Mais le public s'acharne, on les hue sur scène comme des vandales. Le ballet *Il la prend par la main et l'emmène au château* est sifflé sévèrement. Sur scène, on leur jette des oranges et des trucs de sacs à main. Jo, l'une des danseuses du ballet, craque. Elle hurle comme si elle hurlait à ses abrutis de neveux, rentrez chez vous regarder la télévision ! Dans les coulisses, Pina la retrouve et l'apaise. Jo réapparaît sur scène et finit son tableau.

Il faut aller jusqu'au bout des choses, avait dit Pina derrière le rideau.

La bibliothécaire me passe un coup de fil pour me prévenir d'une nouvelle livraison concernant Pina. À défaut d'avouer mon crime, j'apprends à la vénérer. Un livre de photographies m'attend. Je vais revoir son allure triomphante. Modeste. Pas du genre à jouer la fière, Pina. La bibliothécaire me dit que cela sera la dernière livraison. Il n'y a plus rien ensuite. Il faudra tout rendre, tout laisser derrière soi, au guichet Retour. Peut-être que je négocierai un délai. On ne rompt pas avec Pina comme ça.

Maintenant que Barnabé se réveille à l'aube, je règle mes affaires en début de journée. Je prends soin d'éviter la cabine téléphonique de la maison de quartier pour ne pas me faire repérer. À la bibliothèque, il y a du monde. Des vieilles lisant le journal et les mêmes filles voilées qui préparent leur rentrée. Peut-être qu'elles visent haut. Peut-être Sciences po entourées de jeunes cons à pull rose. Je fais signe à la vieille bibliothécaire qui me tend mon dû.

En levant la tête, je vois un type m'observer. Son regard est fixe, l'allure hautaine, la chemise ouverte au troisième bouton. Il porte des lunettes de soleil sur le front, il n'a pas l'air d'un lecteur. Il n'a pas l'air d'être là par hasard. Je détourne mon regard, ses yeux restent sur moi, cela m'empêche de bouger. La vieille me confirme plus tard qu'elle ne l'a jamais vu dans les parages.

Avant de rentrer, je fais un petit détour, je cherche la silhouette du type. Mais l'homme a disparu. Un arrêt au guichet de banque pour récupérer quelques billets. Mais l'écran me dit non. Partez, essayez plus tard, on ne vous veut pas. Il faudra encore rencontrer la banquière. Faire la gentille, négocier en liquidités. Maintenant que Barnabé est là, les temps sont durs. Les couches écologiques, les légumes, les pots de conservation. Les graines, les lotions, les liniments, les vêtements coton. Les turbulettes, seules les mères savent ce que c'est. Elle pourrait y mettre du sien, la banquière. Elle pourrait se désoler pour moi, me proposer un mari ou, mieux, un petit braquage. En rentrant à la maison, les mêmes courriers m'attendent dans la boîte à lettres. Toujours pareil. Il faut payer. Il faut régulariser. Il faut s'acquitter rapidement de vos dettes madame, cordialement. Dans le tas, je tombe sur une carte en couleurs qui ressemble vaguement à une publicité. Je retourne la face.

il faut tout raconter
c'est très mal ce qui s'est passer
sinon je le ferais

Je relis la menace. Je la mémorise, décrypte ces lettres minuscules au crayon à papier. C'est un avertissement. Un rappel à l'ordre avec fautes d'orthographe par-dessus le marché. C'est le signe que la fin va arriver.

Alors je reste recluse dans l'appartement. L'air s'épaissit, je laisse les volets fermés pour qu'il fasse toujours nuit. La nuit, on nous laisse tranquilles, on ne nous menace pas. Mais Barnabé se sent mal, il tousse de plus en plus ces temps-ci. C'est violent. Ça secoue tout l'espace.

Cette nuit, une quinte démarre. J'ai préparé à l'avance ses remèdes, miel, sirop de navet, tisanes au thym. Cette fois, rien ne l'apaise. La toux se fait rauque. Le corps de Barnabé se durcit, il ferme les yeux, concentré dans la douleur. Sa gorge se bloque. Je le masse un peu, presse son petit thorax, j'y vais doucement puis fermement. J'ouvre la fenêtre, il n'y a pas d'air frais. Sa gorge toujours raide, je pratique un mouchage, je fais bien les gestes, mes mains sont attentives. Je le regarde. Mais la toux crache encore. Barnabé est en train de s'étouffer, sa peau rougit, il ferme petit à petit les yeux. Je crois que Barnabé va mourir.

Dans la panique, je l'attrape, l'emmitoufle de jersey, le blottis contre moi et claque la porte. Sa respiration est chaotique, il faut faire vite. C'est la première fois que Barnabé sort dans la rue, qu'il voit les lampadaires et les buissons de fleurs. Je cours vers la pharmacie de nuit.

Huit cents mètres à parcourir. Je tiens son corps contre moi, sa tête fragile dans ma nuque. Il est petit. Il ne peut pas mourir. Mourir, c'est trop difficile. Je l'encourage à résister, je lui parle en courant, on y est presque, plus que quelques pas, ça va aller, tu vas voir, on va t'aider. Mais Barnabé est lourd, sa toux pèse une tonne, mes foulées ne relâchent rien, je garde le rythme. Le pharmacien nous ouvre la porte, il attrape son téléphone prêt à composer le numéro du samu. Il faut qu'il agisse mais il refuse, j'ai envie de le prendre au col, mon fils doit être secouru tout de suite. Je quémande, supplie, ma voix résonne dans l'officine. Je lui montre Barnabé comme un animal en danger. Dans la panique, le pharmacien cède. Il s'empare d'un tube de Ventoline, lui administre une dose. Puis une seconde. Barnabé inspire, ça dure très longtemps. Au ralenti, je regarde, l'air rentre. Tout au fond de mon bébé. L'air éteint les feux. Son corps, ses mains se ramollissent. Je le dévisage, il respire. Barnabé est sauvé. Demain, je promets au pharmacien que j'irai voir le docteur à la première heure, je prendrai ce qu'il lui faut, inhalateurs, nébuliseurs, corticoïdes. Promis juré, j'accepte que l'industrie protège mon fils.

Sur le chemin, les yeux grands ouverts, Barnabé contemple. C'est la première fois qu'il atteste du monde.

Il doit souffrir encore mais il ne peut pas en parler. Notre rythme ralentit et nous nous promenons. Le décor face à lui, une étendue qu'il ne soupçonnait pas. Je fais quelques détours, j'offre à mon enfant du souffle et du ciel. Barnabé est attentif, il observe les routes, les panneaux. Les ruelles, les petites voitures sombres garées en rang, les bancs graffités près des squares où il n'y a jamais de fontaine. Je lui montre les abris de bus et les grandes affiches avec des parfums et des femmes embijoutées. Ce n'est pas beau, ce n'est pas grand, mais Barnabé apprécie. C'est son monde. Sa galaxie. Je le regarde sans me retenir, sans m'en empêcher, sa tête petite et silencieuse dans ma main, ses yeux grands ouverts comme des cercles. Je me mets à pleurer. Je pleure en silence pour laisser profiter Barnabé.

En rentrant tous les deux sous la nuit, je pense à une phrase de Pina.

C'est beau de voir vivre quelqu'un.

Quand Pina invente une histoire, elle y met de la folie et de la désillusion. Des gens amoureux, des gens en marge, des gens malheureux. Elle met des gestes lapidaires autour d'eux. Des gestes habituels, de tous les jours, de la maladresse et du rustre. Au centre, elle mêle le rire à la peur. Elle ajoute la vie de ses danseurs et la sienne. Elle injecte des stéréotypes, des répétitions, de la belle musique, de la fatigue. Elle ajoute de l'espace et du temps, de la minutie, du hasard aussi. Des courses folles, des rêves, des étreintes et des appels au public. Elle met de la marche et du théâtre. De la fatalité. Des cris de voix perçants et insoutenables.

À la fin, elle y met de la danse.

Ce matin, je m'éveille au bruit des oiseaux sur le rebord de la fenêtre. Je dors mal. Je me sens surveillée, les regards braqués, la médisance dans les poches. Je pète des durites à force, mes pensées se floutent, je fais des rêves qui n'ont aucun sens. Je rêve d'endives et d'océans sales, de mamans parfaites vêtues de bottes de forêt. Les endives font des rondes. Puis je fais l'amour sur une plage.

J'épie par la fenêtre, je scrute au judas de peur de découvrir le type bizarre de la bibliothèque. Par le petit trou, je ne vois que l'ombre de mes voisins filant dans les couloirs. J'ai revu ce type un soir, je l'ai aperçu quand ma mère, mon fils et moi prenions l'air frais dans la cité. Le type était à portée, une centaine de mètres face à nous, j'ai reconnu tout de suite son allure italienne et ses petits yeux de musaraigne. Il discutait avec un autre type. Il m'a vue. Ses pas se sont rapprochés. Il marchait l'air de rien, comme s'il m'attendait, la proie qu'on attrape à pas feutrés. Le rythme de ses pas s'est intensifié, il était prêt à m'empoigner, la main sur la bouche. Je suis partie me réfugier.

J'ai peur qu'il revienne maintenant qu'il sait où l'on vit. Barnabé n'a pas l'air inquiet. Depuis qu'il prend ses médicaments, mon fils dort profondément. Il garde sa tête droite quand je le prends dans mes bras, il me fait penser à un petit animal. Il agrippe moins, à la place il fléchit lui-même les jambes. Il plie, déplie de façon très vive, on dirait qu'il se bagarre. Il tousse encore parfois mais je le promène et ça le calme, ça nous fait redescendre tous les deux. Sous les fenêtres en béton, on invente des paysages, des monstres gentils et des horizons. Il sourit. On ne se quitte plus lui et moi, il m'accompagne partout, je suis incapable de le délaisser, je mords, gifle, trucide quiconque voudra interférer. Même quand je me brosse les dents, c'est lui que je regarde dans la glace. Je lui fais des sourires immenses, mes lèvres n'en étaient pas capables avant. On s'endort ensemble comme deux amoureux qui se respectent, qui s'écoutent. On se blottit, lorsque sur l'écran les danseurs arrivent.

Le Sacre du printemps. Les hommes et les femmes s'affrontent sur des lits de camp. La scène est tapissée de terre, une terre noire et poudreuse. Les femmes portent du blanc, toutes. Des robes immaculées bientôt salies par la tourbe. Ça me frappe. Un souvenir vient. Ce n'était pas une robe blanche. Elle était plus sombre. Elle était noire. Elle était noire de chez noir. Avec un sac en bandoulière noir. Ses affaires étaient là sur la route. Quand j'ai renversé Pina, j'en suis sûre maintenant, elle portait une robe noire.

Sur scène, dans un salon petit-bourgeois, un couple dîne face à face. Ils ne s'adressent pas la parole. L'homme tente un rapprochement mais dès qu'il effleure son épouse, une terrible musique jaillit et elle fuit dans la cuisine. Il essaie plusieurs fois de la toucher mais elle continue de fuir. L'épouse revient à table. Sur ses gardes. Elle se remémore des souvenirs quand elle était sa maîtresse, quand elle trempait ses doigts dans la crème, quand elle enjambait les chaises pour arracher à son homme un baiser. Elle se rassoit, finit son dîner en silence.

Pina montre l'amour comme il existe. Il n'y a rien de joli. C'est l'amour. Cela ne cherche pas à plaire. Orteils piétinés, griffures, lèvres rougies, irritées, on aime en s'abîmant. Mensonges, coups bas, silences, on s'écorche la peau. On continue parce que l'on veut être aimé. On continue jusqu'à tomber. À la fin du *Sacre*, l'homme et la femme sont séparés par un voile. Deux espaces. La rencontre devient impossible.

Je fonds en larmes et, dans une pulsion, j'envoie un texto à Bruno.

Au petit matin, l'écran du téléphone me confirme l'envoi du message. Mais Bruno ne me répond pas. Il ne l'a plus jamais fait. D'abord je trouve ça étrange, différent de lui. J'aurais aimé qu'il rencontre mon bébé au moins une fois. Qu'il sache. Bruno avait ses défauts, toutefois il était humain. J'ai mis du temps à accepter. Il est passé à autre chose, une autre mission d'intérim, une autre fille sur un parking. Peut-être une maison ensemble, un chien comme avant. Bruno m'a oubliée. Il a eu raison. C'est humain d'oublier.

À travers la baie vitrée, je regarde les jeunes se déplaçant entre les bâtiments trapus ; cette grappe désinvolte, en guerre contre le monde, avachie dans les escaliers en pierre, patiente jusqu'à l'heure de la purée et des

Knackis de maman. De mon côté, la fin du congé maternité approche, l'usine m'attend. Il faut laisser Barnabé et choisir une nourrice bon marché. Choisir me pose toujours des soucis, choisir c'est éliminer. Je demande conseil à Joseph.

Engage la petite Batool. Tu peux avoir confiance, elle s'occupe de ses petits frères, elle est sérieuse, les gens d'ici, ils le savent tous.

Batool vit dans l'immeuble au quinzième, avec ses frères et ses parents. Famille d'immigrés sans histoire, peu à l'aise avec notre langue mais courtoise. La mère est très belle. Ils sont afghans. Batool signifie « dévouée à Dieu ». En le prononçant, j'entends autre chose. Une lumière, une petite fille qui dévale les pentes. Quand je l'invite à la maison, Batool est attentionnée, elle prend Barnabé dans ses bras, elle ne lui invente pas de compliments. Batool me fait penser aux oliviers, aux palais de pierres, aux collines. À la guerre aussi, aux bombes qui éclatent, trouent les jambes des enfants et salissent les collines. Batool a un beau prénom, sa mère a bien choisi à la naissance. La petite est d'accord pour s'occuper de Barnabé tout en insistant pour baisser le prix à l'heure. Elle dit qu'ici il faut s'entraider.

Je montre à Batool le mode d'emploi de mon garçon. Sa nourriture, ses médicaments, elle peut l'appeler Pina si elle le souhaite, il aime beaucoup ça. Une sorte de surnom, voilà. Le lundi suivant, je lui laisse Barnabé et retourne à l'usine, le cœur brisé. Les routes matinales comme avant, les passages parmi les tours avant le métro désert, entourée de quelques ouvriers africains, puis la gare du Nord peuplée de cadres sup à attaché-case. Le vieux train, le contrôleur qui me retrouve, qui me reluque doublement. L'usine.

Rien ne change ici. La même façade, le toit en shed, les dents de scie qui s'enfoncent dans le ciel gris. La cabine en verre près du parking où la gardienne Doris est occupée à ses sudokus. J'aurais opté pour des mots fléchés mais chacun ses goûts pas de souci. On m'accueille sans fanfare. Pas même un petit cadeau de bienvenue, ceux du bureau s'attardent à peine avant d'allumer leur poste. L'intérimaire qui m'a remplacée me dresse un petit bilan. Je fais semblant d'écouter.

Les ouvriers pointent sur le mur de l'accueil. Un à un, ils s'étonnent, tiens la Parisienne, elle est revenue, la Parisienne. Oui, elle est là, devant vous. Elle n'a pas très envie d'être ici, pour tout vous dire. Elle a beaucoup de tracas mais elle vous salue, la Parisienne. Elle n'a pas reçu de puzzle paysage australien mille pièces ni même une petite carte à paillettes qui la félicite de sa ponte. Elle est vexée comme une lente mais elle sourit.

Tout le monde lui passe devant, les opérateurs de conditionnement, la technique, les caristes. C'est FO dans la rue. Elle vous dit bonjour sans rien laisser paraître. Quoi de neuf ? Oh rien, rien de spécial. Elle a tué quelqu'un, elle a enfanté aussi, à part ça, le train-train. Elle est perdue mais le tait. Elle ne sait plus comment elle s'appelle parfois. Elle est contente de retrouver vos accents du Nord, ça lui manquait. Vos voix aiguisées, glissantes, entre deux cordes, quand vous dites *Parisienne*, en aggravant le *a* et en ouvrant le *i*. Elle retrouve l'odeur des parfums qui baignent dans les cuves. C'est la seule chose qui lui plaît ici. Les senteurs puissantes qui embaument la vie d'entreprise. L'odeur du jasmin, de la bergamote de Venise, du patchouli, d'écorce et de mousse de chêne. Les effluves de magnolia qui viennent jusqu'à son nez quand elle tape comme un singe savant sur sa machine en pensant à son fils.

Loin d'elle.

Je ne défends pas la veuve et l'orphelin. J'ai mieux à faire. J'ai un enfant. À nous deux, nous sommes la veuve et l'orphelin.

J'appelle une nouvelle fois le policier, refusant de paraître plus louche que je ne le suis déjà. Mais ce sera la dernière fois, le rituel doit cesser. Le flic est toujours content de m'entendre. Il me parle gentiment, il me recense les faits divers, fier de sa profession. J'écoute ses récits sans tain, désormais lassée, je n'ai plus envie de me causer des frayeurs. Je ne sais pas comment aborder le délit de fuite. Alors que je m'apprêtais à raccrocher et laisser tomber, le flic m'en parle. Ils recherchent un jeune couple qui aurait été aperçu cette nuit de juin. Un couple, peut-être pas. Mais une chose est sûre, ils étaient deux dans la voiture. J'ai manqué un épisode, un couple ? J'aimerais poser des questions pour comprendre. J'ai l'impression d'être loin de la vérité, dans l'absence. Qui dit vrai ? Comme l'enquête est d'ordre criminel, le flic ne peut plus rien divulguer. Je fais semblant de m'en désintéresser. Pour de bon, cela vaut mieux.

Je lui annonce mon départ pour une promotion au journal. Une rubrique rien que pour moi. Le rédac chef, c'est un type qui promeut au mérite. J'ai bûché comme une dératée. Il me félicite, le policier ne semble pas avoir de doutes à mon sujet. Je le remercie de sa confiance.

Moi aussi, vous allez me manquer.

Chez les autres, Pina disait souvent, ça fait trop dansé.

Pina, elle, aime quand ça sonne juste. Elle déteste ce qui n'est pas vrai, ce qui prétend, les faux-semblants. Pina se glisse dans les coulisses, sur les côtés de la scène. Elle regarde depuis sa table dans la fumée de cigarette. Pina n'a jamais fait que regarder les gens. Des heures à observer, le menton haut, les jambes doublement croisées. De la voltige dont elle a le secret.

Pina aime sa troupe. Elle en héberge certains quand ils débarquent de loin. Le soir, elle leur propose des sandwichs. Ils sont quarante danseurs autour d'elle, comme une tribu d'enfants. Elle les choisit seule. Un à un, elle les élit. Des couples se forment entre les artistes, des tensions aussi, des règlements de comptes. Pina règne dans sa cour. Pina les choisit pour leur esprit, leur humour, pour ce qu'ils sont. Et la danse vient après, avec elle.

Dans la compagnie, il n'y a pas de soliste, pas de premier rôle. Chez Pina, les héros n'existent pas. Elle veut une danse comme personne, elle crée, elle n'imite pas.

Les danseurs s'y mettent, ils répondent aux habituelles questions de Pina.

Avilissement. Paradis. Faire l'important.

Pina prend la parole, elle s'adresse à une danseuse. Regarde-toi. Mets-toi au centre de la scène, vas-y, fais l'important. La danseuse hésite. Elle regarde à droite, à gauche, elle trifouille dans sa tête. Puis elle se lance. Elle se racle la gorge, fait craquer ses doigts. Elle s'avance. Elle tape du pied avec impatience. Quelque chose manque. La danseuse recule, enfile une paire de talons hauts. Maintenant elle fait l'importante.

Chez Pina, la troupe n'exécute rien. Pas de figures, d'entrechat six, de fouetté. Les danseurs marchent normalement. Ils sont hommes et femmes. Leurs corps parlent. Ils se dévoilent, se font violence, ils se confient les uns après les autres. Les corps n'ont pas peur de raconter leurs histoires. C'est en eux, c'est cru, violent, âpre et ça forme la vie.

Les danseurs portent des habits de tous les jours, chemises, pantalons de costume. Les femmes s'habillent de galoches et de robes en satin à bretelles spaghetti avec lesquelles on allait au bal dans les années 1930. Des robes de toutes les couleurs, longues toujours, qui arrivent au genou, qui recouvrent l'allure pour tout à coup se défaire d'un sein. Les danseuses jouent avec leurs robes. Elles se trémoussent, petites nymphettes, lolitas face aux chasseurs embottés. Les hommes s'amusent à tirer sur leur tissu, mais avec Pina, ce sont eux qui finissent en slip.

Chacun sur sa chaise, les danseurs se déshabillent. Ils racontent leurs premières fois. Le corps désavoué, ils se considèrent les uns les autres. Ils se désirent, se bouffent des yeux, ils se veulent tout de suite. Entièrement. Ils se cherchent, glissent une main humide sous le satin. Les minutes passent. Hébétés. Petits enfants dans la cour. Ils n'osent pas encore.

Pina nous raconte la petite histoire des corps.

J'aime être polie. Je tiens la porte volontiers. Je me dépêche à la caisse, sans compter ma petite monnaie. Je laisse passer les gens âgés, je réponds non merci quand mendiant ou démarcheur s'imposent à moi. Je dis bonne journée même lorsque je ne le pense pas. J'ai été souvent bien élevée.

Mais ce matin, je me lève avec la céphalée, la nuit a été vive, la nympho s'est montrée loquace. Barnabé s'agitait, toussait, son lit cognait contre le mur. La douleur crânienne jusqu'au bureau où personne ne me salue et où les téléphones sifflent. Quand je décroche, une femme me crie dessus à propos de papiers perdus. Je perçois mal ce qu'elle dit, la migraine comprime sec, ravivée par l'odeur du muguet et de la civette. La femme insiste, assurances, attestations, délais, apprentis. Je ne réponds rien. Maintenant que je suis mère, je refuse d'être une courbe-dos. La femme souffle, le ton monte. Elle me croit incompétente et me le fait savoir. La migraine éclate. J'insulte sans le vouloir la bonne femme. Je la traite de tous les noms. Même de baba au rhum parce que j'ai un peu les crocs aussi.

La dame ne se laisse pas faire et appelle le siège de l'entreprise. Je pensais avoir affaire à une secrétaire minable, comme moi, une râleuse près d'une plante verte en train de crever. L'affaire ne traîne pas. Je suis convoquée à un entretien disciplinaire où le DRH et deux inconnus s'attablent devant moi. On me dit que ça ne va plus, que j'ai perdu l'envie, on me propose de partir avec un chèque de 10 000 euros, une rupture à l'amiable sans juge ni mari qui découche. Je me concentre. Les murs tournent autour de moi. Mais je pense à Barnabé, ses pots de légumes, ses jouets déjà cassés, ses médicaments, ses aérosols, ses poudres, ses pantalons qu'il enfile trois semaines avant qu'ils ne deviennent des bermudas. Je pense à mon fils que je refuse de laisser mourir dans l'impasse. Alors, devant les hommes en costume, je craque.

Je raconte mon quotidien, mon enfant, son mutisme, ses toux silencieuses, mes crises de panique quand je le vois, tressautant, sans oxygène, et moi, incapable de l'aider à part en criant inhale, inhale, le doseur à la bouche. Je raconte mes trajets en train à l'aube, extenuée, la tête abattue contre le rideau couvert de saleté. Le contrôleur au costume trop large qui regarde mes seins. Les collégiens qui gueulent dans le wagon, Caitlin qui largue Geoffrey, Geoffrey qui couche avec Noémie, sa cousine, celle qui fume trop de beuh et qui oublie tout après. Je raconte mes soirées, à l'appartement, seule à découper les bons de réduction sur la table de la cuisine, avant de récurer les assiettes avec un fond dilué de liquide vaisselle.

Devant le DRH, je fais des listes. Mes insomnies près d'une boîte de Ventoline, mes problèmes de liquidités, mes soucis avec la nympho qui réveille Barnabé tous les soirs en gémissant devant *Les Experts*, le criminel est toujours celui qu'on croit. Ma boîte aux lettres forcée par les petits caïds de la cité, des lettres anonymes qui me font peur, d'autres qui s'accumulent, qui m'ordonnent de payer, régler, rembourser, justifier, restituer, acquitter, verser, reverser, solder, recracher ma dignité. Mes lessives au shampoing doux, les taches qui restent sur les pantalons et que j'enlève, une à une, à la gomme ou au vinaigre blanc. Mon manque criant de la nicotine, mes envies de dire la vérité, d'avouer mon crime, de parler des policiers qui enquêtent contre moi. Mais je fais simple, pathos léger. J'évoque mes casse-croûte sans jambon que j'ingurgite les midis ici pour ne pas payer la cantine. Je parle de mes problèmes de dos et de ma tête douloureuse, de mes marches vers la gare, le soir, lassée, fatiguée, dans mes vêtements abîmés que je recouds en double fil et tant pis si, le long de la départementale, je déambule comme une clocharde.

Personne ne m'interrompt.

Je prends le temps de finir.

Les hommes en face acquiescent sobrement. On prend en compte mes déclarations. On me remercie pour ma confiance, on me conseille d'aller consulter l'infirmière du site, elle sait gérer les problèmes de vie.

« Les problèmes de vie », je ne rétorque rien, je n'ai plus de force pour l'ironie.

Gaspard me récupère à la petite cuillère quand je débarque sur le paillasson. T'as pas belle mine, des soucis ? Il me conseille un week-end au spa pour décompresser, partir un peu, l'herbe est plus verte ailleurs. Il y met du sien, Gaspard, mais franchement ça me réjouit pas de brouter du gazon. Il me conduit au salon et me laisse avec Sandra, entre filles, plaisante-t-il. Ma crise d'hystérie au boulot, je la déballe à Sandra qui écoute d'un air empathique. Je me retiens aussi d'avouer mon crime parce que j'en ai gros sur la poitrine. Sandra m'écoute, me regarde droit dans les yeux, air de directrice d'école affectée, elle sait toujours comment faire.

Depuis peu, Sandra s'occupe d'une petite boutique de jouets anciens qu'elle a montée seule parce que c'était son rêve de toujours et qu'elle tient ses promesses. Elle s'y donne corps et âme. Ce n'est pas la FNAC mais elle garde le cap. Sandra est solide comme deux. Elle me dit toujours, Clémentine, tu es un liquide. Tu t'adaptes, tu fais selon les gens, à force ça te triture l'esprit. Tu dois être un plastique. Les plastiques, ça ne se plie pas, ça s'impose, ça pollue l'extérieur comme tout le monde.

Sandra a fait deux enfants de suite, deux grossesses coup sur coup avec Gaspard. Un type intelligent mais trop sûr de lui, un mec de la finance adepte des chemises blanches. Ils se sont rencontrés tous les deux à un brunch de petits-bourges, je n'y étais pas bien sûr, j'ai pas les beaux escarpins pour ça. Gaspard lui a plu tout de suite, sa mâchoire, son jeu au tennis, son air assuré de touche-à-tout propre aux gens riches. Trois mois plus tard, elle vivait chez lui, Sandra attendait leur fille aînée. C'est une belle famille maintenant. Une famille exemplaire, une fille, un garçon, la parité, les vacances en Sardaigne.

Maintenant je vois un peu moins mon amie. Avec ses enfants et son commerce, Sandra a moins le temps de copiner. Je ne suis pas jalouse. Je pense plastique. Sandra me téléphone encore, elle essaie de s'y tenir comme à un devoir patriotique. Dans sa voix, j'entends parfois qu'elle est ailleurs.

Parfois, lorsque l'on se retrouve toutes les deux, je revois ma vie d'avant. La vie jeune avec Sandra, dans les discothèques et les musées d'histoire naturelle à rire des vieux débris. La vie paisible, sans enfant, où l'on pensait à soi, où l'on décidait sur un coup de tête de s'acheter une robe, avec le corps qui va avec. La vie sans maternité. Sans culpabilité. L'insouciance.

Après avoir commencé le boulot dans l'usine, Sandra m'a soutenue. Les trajets quotidiens dans le train m'épuisaient mais j'ai persévéré sur ses conseils. Sandra est un guide, ses phrases ressemblent à des mantras. À l'annonce de ma grossesse, Sandra, bondissant dans l'appartement, criant, gesticulant, s'est engagée à tout faire pour moi. Elle piaillait, c'est ce qu'il te faut, tu verras, ce sera fabuleux. Elle s'y est tenue, elle m'a trouvé la clinique, m'a confié à ses médecins, elle prenait les rendez-vous et fermait boutique pour me tenir la main durant les touchers. Elle ne se souciait de rien, elle pensait plastique, elle ne pensait pas à l'absence du père, à l'éducation, aux fins de mois sur le fil, elle disait que j'étais forte. Elle disait que j'étais une tueuse.

Pina grandit à Solingen. Une ville de la Ruhr, bourgade sans histoire où les maisons basses se succèdent le long de la Wupper. Une ville de châteaux et d'usines, une ville d'acier et de vanadium. Ville bon marché avec des cartes postales kitsch et trois musées qui se battent en duel. Ville d'accueil, jumelée avec Chalon-sur-Saône. Pas la plus chic. En 1940, Solingen est entièrement détruite par la guerre, chamboulée, fracassée à la pierre et au moellon. C'est là où Pina est née, quelques décennies après Eichmann.

Quand Pina grandit, elle vit avec ça. Les ruines. La poussière nazie incrustée dans les vaisseliers des maisons. Pina se barricade sous les tables du troquet familial, dans les traumatismes des hommes et des femmes, pendant que le père s'occupe du comptoir, les manches relevées, et que sa mère mijote des rations copieuses. Pina pénètre dans les histoires des travailleurs et des prostituées, elle écoute. Les souvenirs s'imposent à elle.

Sur scène, Pina montre l'hystérie générale, elle en fait des tonnes. Maintenant je comprends pourquoi. Ses spectacles ressemblent à des apocalypses, comme celles de son enfance. Chez elle, la nature règne. Des pétales, des branches de sapin, des arbustes à orchidées, quatre-vingt mille bauhinias dans *Le Laveur de vitres*. Une montagne de feuilles mortes. Du foin. De la terre riche et salissante. Tout ça, c'est devant nos yeux. Des troncs d'arbre, des glaciers, des monts japonais, des murs de verdure, des vagues de lave noire, une coque immense de bateau échouée, des falaises, un rocher inquiétant. On peut les toucher du doigt. Sentir les éclaboussures. S'asphyxier quand le mur de béton s'écroule, pierre après pierre, à l'ouverture de *Palermo, Palermo*.

Avec ma danseuse, je voyage milles vies. À Lisbonne, Hong Kong, Budapest, au Brésil, en Inde, en Hongrie. Je ne suis jamais allée nulle part. J'ignore la sensation de l'avion qui décolle ou du bateau qui ronronne en prenant le large. Mais Pina me montre l'horizon. J'y emmène mes valises et mes sacs, elle n'oublie jamais d'exhiber elle aussi ses maillots de bain et ses jouets, ses accordéons, ses peignes et ses bouteilles de vin.

Chez elle, l'eau l'emporte toujours. L'eau tombe des montagnes, en cascade, forme un sol de flaques. Elle devient une neige épaisse dans *Ten Chi*. Des baignoires. Des chutes d'eau. Des hammams. L'eau se transforme en geysers. L'eau est magique. L'eau fait déraper les pieds et déstructure les habits. L'eau fait du bruit, reflète des formes louches, laisse naître les chutes. Elle arrive jusqu'aux mollets, l'héroïne tombe folle amoureuse d'un hippopotame. Vagues puissantes. L'eau embellit. Ça donne envie de se noyer.

Pour répéter dans l'eau, Pina porte des grandes bottes en caoutchouc, elle fait des pas de géante, tous les autres se marrent. Elle demande qu'on installe un aquarium immense près duquel on hurle « les danseurs, d'abord ils dansent à droite, ensuite à gauche et pour finir au milieu ». Devant cet aquarium, après vingt ans d'absence, Pina apparaît sur scène, dans un spectacle. Elle s'agite délicatement, en naïade. Cinq minutes courtes face à un public raide dingue. Ses bras remuent comme des algues, avant de glisser un adieu.

Dans le bain de Barnabé, il n'y a rien que de l'eau. De l'eau autour de lui. Une eau claire, transparente, où l'on voit ses jambes potelées étendues sur la fonte. Sur mes mains, l'eau est lourde, chaude comme de l'acide. Elle devient presque dangereuse. La noyade, on dit d'elle qu'elle est la mort la plus douce qui soit.

On dit qu'elle est la mort la plus inoffensive qui soit.

Pina fume. Elle fume chez elle et dans les cafés. Elle fume devant la scène, dans les coulisses, lorsqu'elle donne ses ordres de mère. Pina tient sa cigarette toujours de la même manière, entre le majeur et l'annulaire, la clope contre la joue. Elle porte un marcel gris anthracite ou bien un imperméable trois fois trop long, sa main fumeuse est près d'elle, près de l'oreille, comme si celle-ci la caressait. Elle fume chaque fois en se tenant le visage, son pouce contre le menton, maintenu, la cigarette devant elle, les ronds de fumée la frôlent, peut-être qu'ils la bercent. Parfois Pina porte un grand chapeau noir, la fumée devient un nuage.

Pina fume pour penser. Inventer. Oser. Pour ne pas se laisser dévorer toute crue. Elle regarde les danseurs danser, sa cigarette embrasée, alignée avec son regard. Même en marcel, la clope pendue à la bouche, Pina est chic. Elle est une femme à cigarettes. Même lorsqu'elle ne réfléchit pas, Pina s'en grille une. Elle n'y peut rien. Elle fume trop. C'est venu très tôt chez elle. Un, deux, dix, vingt, matin et soir, on ne compte plus les cigarettes et les paquets, les mégots écrasés au fond des cendriers fumants. On ne dit rien pour sa santé. Pina est têtue. Elle tousse mais elle continue de fumer. Elle s'allume une cigarette avant d'ouvrir la bouche. Avant l'art.

Pina est une dame très chic. Elle est morte en fumant.

L'homme qui me traque s'appelle Kader. Il vit de l'autre côté de la banlieue, dans un immeuble au sud près d'une station défraîchie de RER. J'apprends qui il est un soir où je l'aperçois par hasard en rentrant du travail, dans le métro où je pose ma figure lourde sur la vitre. Le type entre dans la rame et s'assoit sans me voir tandis que je le fixe de dos, vissé à son téléphone portable. Trois stations plus loin, il se relève et descend. Sans réfléchir, mes jambes se précipitent hors du métro. Je me retrouve sur le quai, Kader, son col de chemise rouge devant moi. C'est ma première filature. Je dois faire les choses correctement.

À l'extérieur, l'homme avance sur une grande avenue parmi les abris de bus et les boucheries halal. Il entre dans une boulangerie, ressort avec une moitié de baguette. Peut-être que Kader vit seul. Derrière, je trace discret. Une marche tranquille, précise. Je descends l'avenue, tourne à droite, remonte une artère saillie de boutiques textiles et de bric-à-brac non loin d'un terrain vague et d'un grand entrepôt. Les chauffeurs sortent, casquette molle sur la tête, déguerpissent dans leur camion de livraison. Je ne connais pas l'endroit et pourtant il m'est familier. J'identifie des repères, le nom de la rue ne m'est pas étranger. Ces couleurs… J'en suis sûre, je suis déjà venue là, peut-être même cette nuit-là. Qu'est-ce que j'y ai fabriqué ?

Kader est devant moi. Il salue un type attablé à une terrasse de restaurant indien puis remonte la rue. Tout au bout, une cité comme la mienne. De longs immeubles sans charme, qui serpentent et forment des lettres vus du ciel. Kader traverse un parking, continue parmi les scooters amassés près des palissades, il tape quelques mains à des jeunes postés sur les rambardes, monte les marches par deux et se dirige vers un bâtiment. Il entre. La porte se referme derrière lui.

Je me dirige vers l'interphone. J'appuie sur quelques noms au hasard pour que la porte s'ouvre. L'ascenseur s'est arrêté au quatrième, je m'y rends sans penser au danger, à Kader qui pourrait tomber sur moi, piquer une crise et me séquestrer pendant huit ans. Je prends le risque. Au quatrième, trois portes, des noms près de la sonnette, je tends l'oreille. Des bruits d'enfants, télévisions hurleuses, une voix d'homme à ma droite, visiblement au téléphone. Sa voix est rugueuse. Il dit qu'il arrivera vers 3 heures du matin, après le boulot. Pas de problème, je serai là, ponctuel tu sais, tu me connais. La porte me révèle le nom de Kader en gros caractères. Derrière la porte, je suis certaine que c'est lui.

Mais mon téléphone se met tout à coup à sonner, je dévale les étages et quitte la cité. La peur de me faire débusquer. Au téléphone, le patron de l'usine m'informe de leur décision de reclassement. J'en oublie le prédateur derrière sa porte, je suis reconnaissante. Pour la première fois, on me donne une seconde chance.

Fini les consoles, les afflux, les codes emploi, je vais devenir ouvrière. Aujourd'hui, on dit « opératrice de conditionnement ». Les collègues, ils militent pour être appelés « pilotes de ligne ». Ce serait pousser le bouchon syndical tout de même.

La semaine suivante, on me tend officiellement l'uniforme, un bel habit doté d'accessoires en vogue, charlotte, lunettes en plexi, chaussures de sécurité, triple semelle et pas de lacets. Une blouse à ma taille, en toile de moustiquaire. Les autres revendiquent la blouse cent pour cent coton comme celle des chimistes archidiplômés qui trifouillent dans leurs bureaux de verre. Moi ça m'est égal, tant que ça cache mes vieux pull-overs.

Accoutrée, je me regarde dans le miroir de mon vestiaire. Je ris parce que j'ai l'air d'une hurluberlue échappée du chenil. Mais la collègue Maguy m'engueule sèchement. On ne se moque pas des gens à charlotte. Dans la région, tout le monde en porte.

Sur l'une des lignes de production, je suis des yeux ma collègue. Elle me montre les techniques de suivi des machines. Elle parle fort, elle parle sans mâcher, une vraie élue de la CGT. Autour de la ligne, ça sent l'encens, même un peu l'église. C'est un nouveau parfum pour homme prévu pour la fin de l'automne. Ça sent le poivre en note de fond. Le poivre de Madagascar, précise Maguy. Arôme de feuilles de néroli.

Face aux robots à capteurs, je découvre l'étiqueteuse des parfums, la remplisseuse, l'encartonneuse. Je suis en formation. C'est écrit sur l'étiquette collée à ma poche. J'apprends le fonctionnement des machines, le nom des huiles essentielles, les règles de sécurité, promis, juré, je ne grimperai pas sur une table élévatrice. Dans le train le matin, j'apprends par cœur les codes-barres des parfums, la fonction des eaux, les PowerPoint sur le conditionnement, mais je laisse de côté les classeurs de bienvenue qui rappellent qu'on participe tous à un grand mouvement cosmétique.

Je retiens, mémorise comme une bonne élève, Barnabé serait fier. Je répète les gestes de Maguy en prise avec les godets, son bras sûr à la manche relevée qui vérifie les frettes. On ne parle pas de parfum ici. On parle de jus. Les ouvriers me regardent. Ils chuchotent. Je ne suis ni nouvelle ni une collègue, je suis l'éternelle standardiste. On se méfie, on ne s'approche pas.

Derrière les écrans, les odeurs se fabriquent. L'ouvrier contrôle la danse près de la douchette. Les bras d'acier de la machine s'agitent. Le doigté est juste. Pina aimerait ça. Le flacon est couché, obturé, on lui ajoute sa pompe. La machine propulse le jus, en trois fois pour ne pas qu'il déborde. Les bras mécaniques sont reliés à des ballons, eux-mêmes reliés à des tubes qui traversent le plafond brillant. Dans le flacon, le jus mousse d'une couleur vive, comme un soda très calorique. La machine assemble le ressort et le pressoir, puis l'étiquette sur l'ondulé. Les flacons s'en vont sous les mains de la cellophaneuse. Terminé, chemisé. Les parfums sont prêts, emballages exhibés dans les Sephora du monde entier.

Ici, on produit vite et bien. La cadence pèse sur les corps. Les flacons s'enchaînent, les palettiseurs entassent les cartons, les caristes réceptionnent. Quatre-vingts coups-minute. Ça ne plaisante pas. L'ouvrier bosse dur. Il sue. Je m'en veux de tous les avoir sous-estimés.

Joseph, l'homme du rez-de-chaussée, est mort dans la nuit. Je ne le connaissais qu'un peu. Ça ne change pas grand-chose à la peine à part qu'on pleure moins.

Quand les fenêtres étaient ouvertes, Joseph avait la tête dehors. Il nous saluait tous, il tenait un peu la jambe mais ça faisait plaisir de causer avec lui. C'est facile, une causerie, il suffit de prendre un peu de temps et de poser les sacs de courses.

Veuf et père dévoué, sa fille et ses deux fils restaient à son chevet, les bras chargés de nourriture et de bouquins. Ils l'emmenaient encore à la synagogue les dernières semaines. Le père savait sa chance, lui qui plaignait souvent la petite vieille du dernier étage dont la fille unique, deux fois par mois, venait pour s'occuper d'elle et des plantes en échange d'une rémunération. Pour Joseph, c'était la chose la plus triste au monde. J'étais bien de son avis.

Joseph aimait bien les enfants. Il s'amusait à regarder Barnabé sous ses fenêtres depuis que j'avais accepté l'idée qu'il pouvait affronter le monde avec sa Ventoline. Le vieux ne l'embêtait pas. Il le laissait tranquille. Il n'était pas un de ces papys qui contraignent les mioches aux bisous encombrants. Joseph paraissait moins présent depuis quelque temps. Ses fenêtres restaient ouvertes chez lui, on ne l'entendait plus vraiment et, quand on jetait un coup d'œil à l'intérieur, on découvrait le vieux dans son salon, sur un lit médicalisé, assommé devant une grosse télévision.

Dans la cour, la veillée a lieu depuis deux jours. En foulards, en shtreimels, sa famille accueille les visites. Ils chuchotent tous ensemble, ils chantent parfois, découpent des parts de tarte. Ils se regroupent. En face de l'immeuble, les jeunes scrutent, l'air de rien. Ils ont le sourire aux lèvres et les mains qui les démangent. La fille et les deux fils de Joseph reçoivent avec chaleur, ils s'étreignent, les bras agrippés, comme pour un mariage. Les gosses enfilent leur kippa, ils l'agrafent par-derrière le crâne à l'aide de pinces métalliques à cheveux, les mêmes qu'on utilise, gamines. Ils se réunissent, les mouchoirs à côté pour pleurer fièrement.

La veillée prend un peu d'ampleur, les voisins s'y greffent pour un dernier hommage. Ma mère et moi y allons, nos poignées de main sont lourdes et sincères. On vient pour présenter son petit mot, les clans n'existent plus, toutes les familles sont présentes, il n'y a plus de barrières. Mais ça jacte de plus en plus près des bacs à fleurs. Des jeunes provoquent. Sifflements, bruits étouffés, des mots de quartier imbéciles. Les enfants de Joseph laissent faire, tête basse, entourés par leur monde. Rien ne se passe. Pas de vagues. La veillée continue sans que quelqu'un intervienne. Si cela avait été moi, j'y serais allée à la carabine, je les aurais criblés de plomb, ces crétins, pour qu'ils dévalent la pente en chialant.

De mon balcon, j'assiste à la cérémonie. Je prends Barnabé dans mes bras et lui présente la vue. Je montre à Barnabé ce que sont la vie et la mort.

Pina me ressemble. Plutôt je ressemble à Pina. On ne la disait pas franchement adorable. Pas la plus chaleureuse, la plus enjouée. Elle n'aimait pas beaucoup les journalistes. Lorsqu'elle ne s'amusait pas de leurs questions, son visage disait son mécontentement. Elle contredisait souvent. Elle défabriquait les raisonnements. Parfois, elle coupait net. Elle prenait ses cliques et ses claques.

Pina ne disait pas toujours bonjour à sa troupe. À ses danseurs cassés, écorchés, à la voix éraillée, elle ne demandait pas comment tu vas. Pina était absorbée dans son travail, ça lui faisait oublier tout le reste. Quand elle inventait un ballet, Pina disparaissait, nuage nacré enfoui dans la stratosphère. Elle ne mangeait plus, elle dormait peu, ça devenait sévère.

Quand Pina créait, elle posait ses questions, c'était son truc. Elle notait les réponses de ses danseurs au crayon. Elle sélectionnait. Plus vite que ça. Elle corrigeait le lendemain. Il faut refaire. Elle effaçait. Elle disait beaucoup non, elle refusait quasiment tout. Le processus durait des semaines et des semaines, les danseurs gisaient, à fleur de peau, vidés d'eux-mêmes. Pina prenait tout, n'épargnait rien, sans jamais expliquer, elle montrait seulement. Il fallait la comprendre. Les danseurs échangeaient entre eux des mots rares, pesés au trébuchet. Mais comment lui plaire ?

Au début de sa carrière, Pina faisait cours elle-même à sa troupe, elle formait ses rangs patiemment. Aucun professeur ne savait faire comme elle. Sa danse n'existait pas. Arquer les genoux, tituber. Piailler. Bouger le ventre vers l'arrière. Disloquer les hanches, personne ne connaissait. Chez Pina, tout était dans la peau. Le corps qui claque. Les bras nobles, les pieds nerveux, tordus, à cogner le sol avec insolence. Pina était cette femme bizarre.

Sur la table centrale face à la scène, il y avait ses cigarettes par dizaines, empilées comme des tronçons de bois. Une gourde à café et une montre que Pina ne portait jamais. Pina assistait à toutes les représentations, elle fixait ses danseurs, scrutait, même après vingt ans de tournée, elle n'en manquait une miette. Elle connaissait la moindre de leurs réactions mais, amoureuse, elle continuait à les regarder.

Le travail était toujours sur le fil. Des finalisations de dernière minute, des suppressions brutales, des ajouts soudains, quelques heures avant le rideau, elle donnait le titre du ballet. Elle enfantait dans la panique, elle aussi. Elle apportait des corrections après les premiers soirs. La danse se régulait comme des eaux montantes. Ses pièces changeaient, mutaient avec le temps. Les images se modifiaient. Je me dis qu'il faut qu'un jour j'assiste enfin au spectacle.

Avec ses danseurs, ça n'allait pas toujours. Pina était dure. Avec Jo, sa danseuse fétiche, surtout. La rousse australienne avait son caractère, combien de fois elle l'a menacée. Je vais partir, Pina, j'en peux plus. Je te déteste, ça t'est bien égal que l'on crève là si ton travail avance. C'est toi d'abord. Toi toujours. Tes spectacles, ton théâtre. Je te déteste, tu es un vampire, je te déteste tellement que je vais partir.

Jo est restée jusqu'au bout.

Entre elles deux, ce fut un coup de foudre, décharges électriques. Ça marche comme ça avec Pina. Une histoire de magie, d'essence, une potion qui ensorcelle. Pina débutait dans la chorégraphie, elle cherchait à recruter, elle avait une idée précise du genre d'artistes qu'elle voulait pour monter son clan. Jo était danseuse à Londres, elle avait vingt-deux ans, les joues pleines et la maîtrise des pointes. Pina était venue par hasard ou presque. Jo avait aperçu cette inconnue aux grands pieds la regarder danser sur scène. Tu le sens quand Pina te regarde, Jo a déclaré un jour. Je veux bien la croire.

Dans les coulisses, Pina lui avait demandé si elle cherchait un job. Elle l'avait dit l'air de rien, en précisant qu'il fallait qu'elle perde quand même du cuissot. Jo n'en cherchait pas. Pourtant, sans la connaître, l'Australienne avait répondu oui. Elle ne parlait pas un mot d'allemand, elle n'aimait pas le froid ni la pluie, la déprime des dimanches gris. On l'avait prévenue, en Allemagne, tout est moche, humide, on n'y mange que des cochonneries. Mais Jo est partie avec elle.

Pina n'aimait pas prendre de décision. Elle aimait tester avec sa troupe. Elle aimait les voir tout le temps, elle détestait les moments de pause. Il fallait qu'elle soit là parmi eux, comme un chef de tribu. Jo, Dominique, Lutz, Benedicte, Sylvia, Meryl, Monika, tous. Pina gardait ses danseurs près d'elle, tout près. C'était la mère. Quand l'un d'eux quittait la troupe, ça la rendait malade, une fièvre bouillante qui collait à tous ses muscles. Il y a eu des ruptures comme ça. Des départs en catastrophe, des ambitions, des projets de danseurs ailleurs. Des fins d'histoire. La colère de Pina était totale.

Avec elle, c'était à la vie à la mort.

De temps en temps, Batool et ma mère se relaient pour garder Barnabé. Batool a repris une formation en alternance d'assistante sociale dans une structure pour les familles défavorisées. Je l'ai aidée pour les démarches, c'était primordial qu'elle s'en sorte, elle et ses grands yeux d'amour. Ma mère est ravie de ses tête-à-tête avec Barnabé, d'autant, je le reconnais, qu'elle s'occupe bien de lui. J'apprends à lui faire confiance. Elle me raconte leurs journées ensemble quand je rentre le soir, comme un époux au foyer qui s'occupe de la marmaille. Selon elle, Barnabé est content d'être en famille.

Mais ma mère s'inquiète que Barnabé ne fasse pas de bruit. Pour elle, quelque chose cloche. Elle le trouve petit, trop fluet pour son âge. Un peu pâle. Elle veut me faire paniquer pour que je le gave de viande. Barnabé, c'est un taiseux. Il me ressemble, il dit pas grand-chose. Quelques sons, des chuchotements quand il tousse. C'est un bébé sage. Il va à l'essentiel. Pourquoi gaspiller ? J'ai d'autres soucis mais ma mère insiste.

J'interroge autour de moi. Sandra, Batool, Maguy de la CGT me disent la même chose. Il est petit, il faut surveiller, il faut voir venir.

Ma mère se met en tête d'aller chez le pédiatre. Elle m'en parle sans arrêt. À part pour son asthme, le petit n'a été vu par personne. Ma mère me le redemande gentiment, elle veut bien s'en charger, elle ne m'embêtera pas, elle ira juste consulter une fois parce que parfois il est bon de se faire examiner. Mais je refuse. Tous ces antibiotiques, ces traitements, ces auscultations, ça tue l'esprit. Je préfère que Barnabé reste près de moi. Ma mère prend ça pour de la négligence alors que c'est le contraire. Cette fois, ma mère s'emporte. Clémentine, à quoi tu joues ? Je retrouve le mépris maternel, quand j'avais six ans et qu'elle me tirait le derrière des banquettes pour laisser la place aux clients. Ma mère m'aligne. C'est sec, rien que du sec. Barnabé est là, apeuré, sans bruit, quand elle m'attaque. Elle s'adresse à lui, elle l'appelle plusieurs fois, Barnabé, Barnabé. Il regarde. Elle voudrait quoi, qu'il prenne parti ? Ma mère continue de lui parler, ouvre la bouche Barnabé, écoute-moi, fais comme moi. Fais comme Clémentine, aide-le à parler, dis-lui. Apprends-lui.

S'il ne répète rien, Clémentine, Barnabé pourrait bien être muet.

Barnabé est resté silencieux mais j'essaie de ne pas m'inquiéter. Ma mère n'est pas la mieux placée pour juger. J'ai l'usine pour oublier les tracas. Ouvrière jusqu'à l'os. Le job idéal pour ne pas voir ce qu'on fait mal. Nous sommes quatre petites mains au service qualité. On s'occupe de l'inspection des produits, je n'ai plus droit à l'erreur ici. Si j'échoue, ils se débarrasseront de la cinglée qui insulte au téléphone, la dépressive qui gémit dans le bureau du patron pour sauver sa peau.

Des rumeurs circulent sur mon compte. Tous se méfient quand je m'approche des lignes. Les conversations se taisent lorsque, dans le vestiaire, j'enfile mes bouchons d'oreilles. On me tourne le dos. Les caristes lèvent les yeux au ciel devant leurs palettes. Certains pensent dur comme fer que je suis la recrue du patron, ses yeux et ses oreilles parmi les prolos.

D'autres disent que je suis une marie-salope. La maîtresse du DRH habile en passe-droits. Je prends sur moi pour ne pas les punaiser avec mes ongles. Je sais ce que je risque alors je laisse dire. Dans le combat de l'ouvrier contre l'usine, l'usine l'emporte toujours. C'est arrivé à Blandine il y a six ans, lorsque je venais de débuter au standard.

Les collègues s'étaient ligués contre elle. Elle avait ses défauts mais eux inventaient des trucs énormes, qu'elle était une voleuse, qu'elle chourait les parfums, qu'elle piquait même dans les vestiaires quelques centimes qui traînaient dans les poches de jean et dans les sacs à main des anciennes. Blandine n'a pas supporté. Elle passait pour un cafard. Elle s'est mise en arrêt. Ça lui a fait du bien. Elle est revenue, espérant que les collègues se seraient calmés. C'était pire. Aux yeux de tous, elle était devenue une feignante. Une lâcheuse. Blandine a prolongé son arrêt sans jamais revenir bosser.

Je l'aimais bien, cette fille, elle était juste fragile. Elle avait des crises d'angoisse par série. De la paralysie du sommeil. Elle me racontait qu'elle devenait raide la nuit, elle imaginait des hommes entrant par effraction chez elle, son corps était immobile, ses yeux grands ouverts, Blandine voyait des ombres épaisses s'approcher du lit. Son histoire m'avait fichu une peur bleue.

Dans mon équipe, les collègues restent affables. On se tape pas la bise mais ils savent que s'ils me lynchent, c'est toute la productivité qui est plombée. Tous les quatre, on forme un bel orchestre. Quand les deux premiers vérifient les étiquettes et les numéros des lots, les deux autres veillent à la rotation des pompes, au dépose-flacon, à l'étanchéité, à la pulvérisation.

On a du boulot, ça débite, on n'a pas le temps de se tirer dans les pattes. Ce que je préfère ici, c'est manier la socoge. Un gros outil, une sorte de microscope géant. J'ai l'impression d'être un cosmonaute, je fais des *vroum* avec mon poignet. On effectue des examens de près toutes les vingt minutes, à vérifier chaque détail à l'encartonneuse, les après-cello, les leurres. Tout est calibré au millimètre près. Un parfum sur dix part à la poubelle. Quand je me risque à demander par hasard si on peut récupérer les produits défectueux, un d'eux me rit au nez. J'ai dit une connerie ? Je me fiche que le parfum soit mal serti, trop bombé, pas assez rempli, j'ai pas l'argent pour la version robe de soirée chez Marionnaud. L'équipe a le regard révulsé. Comment j'ose réclamer ? Ça chuchote derrière moi. Elle se croit à la soupe populaire, la Parisienne. Elle veut pas non plus les revendre au marché noir ? Va falloir qu'on la calme.

Je reprends mon travail sans piper, en pensant qu'un nouveau parfum, par les temps qui courent, ça m'aurait fait du bien.

Elle était sacrément belle, Pina. Jamais de maquillage. Le front altier, la nuque saillante, les doigts allongés et élégants de l'artiste. Elle devait faire des ravages. Ses yeux de Joconde, son chignon, ses sourcils arrondis, ce visage toujours ironique. Pina riait derrière ses mains, le sourire en coin, les yeux bas, crainte d'être aimée. Sur les photos, sa beauté me va droit au cœur. Pourtant, j'ai pas de penchants lesbiens. Les filles chiantes et les chuchoteries, c'est pas mon truc.

Avant de devenir chorégraphe, Pina était une danseuse sous les projecteurs. On parlait d'elle pour ses solos. Personne ne s'en souvient aujourd'hui. Elle dansait aux États-Unis puis dans le monde entier, la petite Pina. Très vite, elle a tout arrêté. Elle n'avait pas assez à danser.

Pina était une timide carabinée, elle l'est restée jusqu'au bout, jusqu'à ce que j'entre brutalement dans sa vie. On l'a reçue dans les plus beaux endroits, on lui a fait la révérence, on l'a saluée chez les hommes les plus importants. Pina demandait en douce à ses amis danseurs, mais enfin, qu'est-ce que l'on fait ici ?

Pina ne sortait pas de son vieux cinéma. Une vraie sauvage. Même rentrer chez elle, elle n'aimait pas. Sa chambre n'a pas beaucoup changé au fil des années, un lit, une armoire, un lavabo derrière un rideau. Pas d'encombrement. Je m'y transporte par la pensée, je l'imagine vivre encore. Pina aimait rester dans des cafés. Quand ses amis l'invitaient à dîner, elle n'avait pas franchement envie de se déplacer et de complimenter la nouvelle tapisserie. Une pythie recluse dans sa grotte. Les vacances devenaient une épreuve, elle était l'institutrice triste de quitter ses mômes. Pour occuper ses jours de repos, Pina programmait des visites au cirque avec les copines, Jo et Mechthild. Cinq séances de cirque en une semaine, bonjour les vacances. Pina invitait ses danseurs à passer Noël dans sa famille quand ils étaient loin de leurs proches. Pina partageait ce qu'elle avait. Droite dans ses bottes.

Pina disait se ficher du mondain, de l'avis des autres. Puisqu'elle avait vécu les pires affronts au tout début, les injures à la gueule, les appels anonymes, les menaces, Pina ne réagissait pas à la peur. Son corps était frêle mais blindé. Pina était préparée, soldat parmi les mines. Les critiques sur elle, aucun effet. Elle ne faisait pas partie de ce jeu-là. En tout cas, c'est ce qu'elle aimait dire.

Mais en fait, Pina mentait un peu.

Elle n'était pas la femme détachée qu'on croit. Chez Pina, des armoires entières renfermaient des tas de coupures de journaux.

J'ai eu des nouvelles de mon amant marié. Maintenant que la grossesse a fondu, il m'a envoyé un texto l'air de rien, comme un petit postillon. Il aura une soirée libre la semaine prochaine, sa femme s'absentera avec les gosses, il me dit qu'il peut passer. Il peut passer, il en est capable, physiquement c'est possible pour lui. J'ai répondu que je pouvais l'inviter. Spatialement, j'avais la place.

Pour l'occasion, je me mets aux fourneaux. C'est la première fois que mon fils rencontrera un homme, alors je fais les choses comme il faut. Peut-être aussi que l'homme me rencontrera encore, ce serait pas de refus. Pour ça, il faudrait du bon vin. L'amant appuie sur l'interphone, du bout du doigt il touche le bouton métallique où figure mon nom, il me voit dessus, me caresse en passant, attend que ma voix suave l'accueille. Il est en bas. Les présentations dans le salon. Le petit dans mes bras, c'est lui, il s'appelle Barnabé. Parfois Pina. L'amant ne comprend pas. Je ne prends même pas la peine d'expliquer parce que ça sent le brûlé. L'amant reste seul avec l'enfant. Je l'entends qui prononce des mots au hasard comme pour lui faire la conversation. Il hésite. Il ne sait pas, météo ou politique ? Quand je reviens, l'amant sort un petit rhinocéros en peluche de son sac pour amadouer la mère larmoyante qui vit en moi.

La cuisine, c'est pas au petit bonheur la chance. Le repas est un désastre. Je m'étais renseignée toutefois, les fibres en faisceaux, le maillage, le collagène de la viande que j'avais cuisinée pour plaire à mon amant. Goût fade, couleur malade. À table, on se contente du riz blanc, l'homme mange par enfournées. Ambiance crispée. Climat repas familial à droite d'une tante raciste. C'est le petit qui l'impressionne. Barnabé en joue, il fait le silencieux. Une hauteur. Il fait l'arbre comme personne.

Après l'avoir couché, je rejoins l'amant sur le canapé, occupé à faire semblant de lire une revue alors qu'il vient d'envoyer un message à sa femme pour lui confier qu'il s'ennuie sans elle. Il me propose une cigarette que je décline, la mort dans l'âme. On ouvre une bouteille de blanc. L'air se décontracte. Le temps perdu à rattraper, c'est maintenant. L'homme ne comprend pas pourquoi le prénom Pina, c'est bizarre, ça vient d'où, c'est nordique, ça fait viking ; un fils viking, c'est marrant mais étrange. Je l'ignore. Je refuse de parler de ce qui s'est passé il y a cinq mois. Nos voix se retranchent derrière le tanin. L'amant reste dormir.

Dans la chambre, on fait l'amour. C'est la première fois depuis l'accouchement. J'étais nerveuse mais cela ressemble à avant. Sec, un peu doux, une secousse de petites montagnes russes. Celles qu'on aime refaire en boucle parce que peu effrayantes. Cela dure un bout de temps, je me félicite d'avoir changé les draps. L'amant m'agrippe la poitrine, les hanches, toute la cuisine du bas ; il oublie que je préfère l'endroit du cou, le frisson des paupières, la surprise des mains. Pourtant je me laisse faire. Je m'offre tout entière, mon corps oublie un instant les flics et les mots anonymes. Ma machine se remet en route, elle ne pense qu'à elle. Égoïste. Allongée, la tête vers le monde, j'observe dehors. Les tours d'immeuble par la fenêtre. Les reflets de nos corps encastrés sur la vitre. Les balcons d'en face, les cartons de Mme Devereux, les pots de fleurs, les vélos, les étendoirs, les vieux patins à glace. C'est le monde vieux projeté en moi.

Au matin, l'absence de gestes entre lui et moi. L'évidence. La nuit ne nous a pas rendus plus tendres. L'homme se tait, il s'apprête en vitesse, attrape une gorgée de café, caresse la joue de Barnabé sans trop s'approcher. Rapidement, je replace le loquet derrière lui. Je le vois partir, par l'allée centrale entre la tour Musset et la tour Brahms, il est ce petit point chevelu qui marche vite, retourne à sa vie en détalant, disparaît parmi les pelouses dégarnies. Je ferme la fenêtre, tire le rideau et me souviens désormais pourquoi, lui, je ne l'ai jamais aimé.

Dans un pantalon noir ordinaire, Pina les réunit.

Par ici, mes danseurs. Venez. Écoutez. *Ich möchte, dass Sie mir zuhören*.

Pina est assise à la table du grand foyer. Il y a les habituelles cigarettes et le crayon mal taillé. La troupe s'apprête à s'avancer sur la scène des répétitions. Pina est nerveuse, ils ont du travail. Un nouveau ballet à inventer.

Pina n'improvise jamais. Les pistes qu'elle lance, elle les détient au fond du ventre.

Qu'avez-vous vu ?

Tirer sur les contes de fées

Citron

Tarte sans citron

Dimanche à Wuppertal

Dire des jolies choses

Qu'est-ce qui fait bouger les gens ?

On a eu de la chance cela aurait pu être bien pire

Dire de très jolies choses

Pourquoi aime-t-on rentrer chez soi ?

Effrayer quelqu'un

Jouer avec ses pouces
Le contraire
Qu'est-ce qui vous attire à Rome ?
Quelque chose de cassé rien à faire
Que peut-on faire pour ne plus avoir peur ?
Faire un petit peu mal
Un moment qui revient sans cesse

Pina n'abuse pas de la danse. De ses grands gestes. Elle refuse la tragédie, le dénouement. Elle cherche des petits mouvements simples. Des scènes d'amour, d'enfance, de vieillesse, tout simplement.

Soleil
Escalier dérobé
Peut-on me gifler la fesse ?
Dire non à la maîtresse
Déhanché, amie, déhanché
Vider les poches sous la table
Ne plus jamais ressasser

Mes danseurs, par ici s'il vous plaît, mes petits danseurs, approchez. Essayons ça. Ça aussi, peut-être. On verra, on y va, attendez. Non. Ça marche pas, dommage. Aidez-moi à trouver. Il faut essayer. Vous vous souvenez ? Je veux retrouver ce geste de l'autre fois, aidez-moi. Ce geste-là. Peut-être comme ça. Je ne suis pas sûre. Avec ce bras. Faut tenter. Faites-le. De la douceur s'il vous plaît. Montrez. Non. Je veux supprimer ça. Continuez encore un peu. Pas n'importe quoi. Ne faites pas les gentils, il faut que ça ait l'air dangereux.

Pina doute alors elle grimace, son visage s'assombrit comme un animal caverneux. Mais quand elle détient la bonne idée, c'est comme si elle fondait en larmes.

Je me rappelle. Les orteils. Maintenant, ça. Reculez. Marchez. Encore. Non pas du tout. Non, pas ça. Ça me rend hystérique. Marchez vraiment. Encore s'il vous plaît. Respirez. Oui, respirez. Ça me paraît mieux. Des petits pas ? OK, essayons. Il faut du bruit. Un talon qui claque. De cette façon-là. Plus fort. Clac. Oui, c'est juste. Refaites-le. À peu près. J'espérais autre chose. J'espérais ça. Je voyais quelque chose de plus, non. Voilà comme ça, et ça peut-être. Non. Ce n'est pas juste. Il faut ceci. Pas exactement. Ce n'est pas ce que j'imaginais. Attention, ici. Voilà. Très bien. Ensemble encore une fois. Oui. Poursuivez. Allez. Stop. Attendez. Mes petits danseurs, ne bougez plus.

Quand personne ne bouge chez Pina, c'est encore de la danse.

J'ai treize ans, Pina n'existe pas pour moi, elle ne fait pas partie de mon monde. Je vis avec mes copines, mes cours de géo, et ma mère qui grossit. Elle travaille beaucoup alors elle vire rondouillarde. On ne dit jamais rondouillarde dans la vie, on dit grosse. Ma mère m'élève seule. Avec son troquet au cérame usé, ses deux chiens, deux petits tapis à poils et à gueule raccourcie. Georgette et Dracula, j'ai pris le soin de les rebaptiser. Quand on regarde les photos de famille, ça donne envie d'ouvrir le gaz.

Avec les gros, pas de politesses. Ma mère en prend plein la trogne à longueur de journée. Ses clients profitent d'elle. On pense que les gros sont paresseux, qu'ils transpirent beaucoup, à la moindre odeur, on les regarde toujours. Eux ne disent jamais rien par faiblesse. Ma mère se parfume comme avant, se maquille avec de la poudre des beaux jours, elle choisit des vêtements qui la flattent un peu. La ménopause l'atteint. On dirait qu'elle vient de vivre une tempête de mer, malmenée au fond d'une cale. On la regarde comme une grosse qui s'empiffre devant les téléfilms allemands, une boniche qui, dans les escaliers menant au petit appartement, halète tel un vieux chien au pelage décoloré. Les hommes ou les femmes, c'est pareil. On ne distingue pas. On regarde toujours les gros de travers, comme s'ils piquaient les yeux.

Ma mère m'élève au grain. Ouverture, fermeture du bistrot, levée du lit, rideau de fer. Ma mère me peigne avec une brosse en métal. Elle tire sur les nœuds, ça m'inflige des migraines. Je suis gracile et élégante. Ma mère en tire profit. Elle m'offre des robes riquiqui et grotesques pour mes séances photo. Elle me montre à ses clients de bar quand mes seins se forment. Ça pointe là-dessous, je suis bonne pour la parade. Les hommes me fixent avec appétit. Ils me dévisagent jusqu'à mes petites hanches qui s'arrondissent. Ma mère est ravie, flattée, on peut dévorer sa fillette par les canines.

Ma mère n'est pas une femme tendre. C'est ainsi. Elle en a vu beaucoup dans la vie. Elle est passée par des phases tragiques. Sur le podium, la mort de son mari. Je ne l'ai pas connu, je suis arrivée un peu après, par un train du matin au quai n° 3. Tous les deux s'aimaient beaucoup. Ma mère me dit que je ne suis pas chanceuse de l'avoir raté.

Quand mes copines du collège viennent au bistrot, on joue aux cartes sur une table du fond. Du jeu, mes copines s'en foutent, elles regardent autour d'elles. Elles scrutent. Elles ricanent, les pines-co. Elles préfèrent cibler ma mère, cette patronne dévouée, soumise aux hommes d'affaires, cette femme pliée en deux qui part ramper au sol quand l'un d'eux s'amuse à laisser tomber un verre de vin pour reluquer son fessier. Mes copines se moquent. Elles m'imaginent prisonnière. Une otage apprêtée et privée de nourriture pour attirer les clients. Peignée, enjolivée, amaigrie, privée de chips saveur barbecue, de tous ces trucs de gros qui crispent le bide.

Je repose mes cartes et pars aider ma mère avec la serpillière. Les copines peuvent médire, moi aussi je passe sous la table. Je sauve ma mère de la risée. Je frotte sur le carrelage, l'odeur de la javel imprègne mes mains, j'appuie sur les joints rougis par le vin, je nettoie mais moi, non, je ne rampe pas. Quand je me relève, les clients me complimentent, ils flattent ma petite chair. Tu es jolie, tu es gracile, tu as de beaux cheveux noirs. Tu as belle allure. De beaux yeux en amande, des yeux de comédienne.

Surtout on me dit toujours, tu ne ressembles pas à ta mère.

Au boulot, je fais tout pour garder ma place. Les horaires sont rudes, il faut changer de tempo à chaque roulement. Un retard et je suis bonne pour le licenciement. Pour mon fils, je me sacrifie à cette vie d'usine, selon les 3-8, même le dimanche. C'est payé double alors je quémande. Plusieurs jours sans voir Barnabé. Je rentre tard, absente de ses progrès. Je vis dans le désordre. Quand je le retrouve la nuit, j'ai l'impression qu'il grandit sans moi, qu'il ne m'attend pas pour devenir quelqu'un. Le soir, j'en profite pour faire des rondes au pied de l'immeuble de Kader. Je traverse le terrain vague, l'entrepôt, la rue marchande, tous ces souvenirs déformés, bosselés, passés à l'eau.

J'aperçois Kader chez lui, de ses fenêtres sans rideau. Parfois, il repart en pleine nuit, une voiture l'attend en bas du HLM. Souvent il ne bouge pas, je poireaute pour rien. Je m'en veux de perdre mon temps sans Barnabé.

Un soir, Kader sort du bâtiment. Il porte une tenue de boulot, une sorte de bleu de travail et une veste à son bras, fluo, comme les gilets de sécurité dans les voitures.

Kader pourrait être agent de la voirie. Avec sa tenue fluo, il travaille à coup sûr pour la ville, jardinier peut-être. Tout à coup un déclic me frappe. Cet éboueur décrit par le policier, c'est lui. Kader est éboueur. Il est l'éboueur de cette nuit-là.

C'est lui le témoin de mon crime.

En panique, j'appelle Sandra. Je dois lui raconter. Au téléphone, ma voix ricoche, Sandra ne comprend rien mais elle saisit l'urgence, ferme boutique et passe me prendre à la sortie du métro. À une terrasse, Sandra commande deux décaféinés, soucieuse. Elle s'inquiétait depuis le début, je ne lui paraissais plus dans mon état normal. Le garçon arrive avec notre commande, un torchon plié sur l'avant-bras, je le regarde nous servir et laisse fondre la brique de sucre dans ma tasse avant d'effectuer le grand déballage. L'accident de voiture, l'accouchement, ma perte de mémoire. Je raconte tout. Je décris le sang sur le pare-brise, les cheveux de Pina Bausch, les mêmes, je te jure les mêmes, mes absences continuelles, la lettre anonyme et ce type qui me suit. Parce qu'il sait tout.

Sandra écoute. Ses traits restent impassibles. Elle boit une gorgée en humectant ses lèvres. Une lettre anonyme, tu dis ? Sandra m'interroge. Elle cherche à relier les points. Pina Bausch, la danseuse ? Est-ce que tu te souviens des détails quand tu as perdu les eaux ? La route que tu as prise ce soir-là ? Tu avais mangé ? Tu avais mis la radio, tu avais appelé quelqu'un ?

Face à l'interrogatoire, je ne sais plus rien. Je pense savoir mais j'oublie. J'ai l'impression que j'invente parfois. Comme si finalement je n'étais jamais sortie de la cuisine, la tête dans les coupons de réduction. Sandra me demande. Est-ce que tu connaissais Pina Bausch ? J'étais certaine que non. Je l'avais découverte quelques jours plus tard lorsque les chaînes télé avaient annoncé sa mort. C'était elle sur ma route. Ce visage, il était là, devant mes phares. Sandra cherche une explication. Peut-être que tu avais entendu parler d'elle juste avant, que tu avais retenu son visage sur des affiches et que ta mémoire a fait le reste ? Je n'y crois pas. Es-tu sûre au moins d'avoir renversé une personne ? Les doutes de Sandra me fâchent. Peut-être un animal ? Tu as senti une secousse. Tu n'as sûrement tué personne, Clémentine. Tué, tué. Elle tente de me rassurer en répétant le verbe. Pour tuer quelqu'un, il en faut beaucoup. Il faut des organes qui lâchent, une malchance terrible. Un corps qui se désagrège comme une matière. Sandra finit sa tasse. Si tu as vraiment heurté une personne, il est possible qu'elle s'en soit remise. Mais tu ne sais pas. Tu n'as pas vu. Tu n'as aucune preuve, tu te fais du mal parce que tu culpabilises. Sandra prend une pause. Elle plante ses yeux noirs dans les miens. Tu dois effacer tout ça, Clémentine. Tu as tellement à faire, avec le boulot et le bébé. Arrête de t'encombrer. Pense à Barnabé. N'oublie pas ce que t'a dit le flic, Il n'y avait plus personne sur la route. Il n'y avait pas de victime. Pas de victime, pas de délit.

Après avoir réglé l'addition, Sandra me tire par le bras vers la sortie. Il y a foule dans la rue. L'heure des flux pressés, idéal pour me perdre, pour avancer dans la masse jusqu'à disparaître. En me quittant, Sandra me lâche une bise et me regarde une dernière fois. Oublie tout ça, crois-moi.

Mais Sandra n'a pas l'air d'y croire.

Pina est une danseuse. Elle adore danser. Mais tout bien considéré, elle se sacrifie. Les années passent, la chorégraphe n'apparaît plus sur scène. Elle continue de croire que l'occasion se présentera.

À la suite de ma confession, Sandra me téléphone, elle ne sait pas sur quel pied danser. Son mouron est sincère, alors je rassure mon amie avec des mots sûrs, pas d'inquiétude, je reprends mes esprits, pas de panique, tout va mieux, je le certifie, c'était un passage, une sorte de cauchemar, un délire avant la maternité, mon corps avait senti le besoin de broder. Sandra paraît convaincue, je raccroche en me félicitant d'être une bonne actrice.

Dans *Café Müller*, c'est la seule fois où Pina se hisse sur scène. Elle a trente-cinq ans. Ses cheveux sont longs, détachés, presque abandonnés derrière elle. Sa robe lui arrive aux pieds. Je n'en perds pas une miette. Dans ta robe, tu parais si grande, Pina. Dans ce restaurant qui était le tien, je te regarde parmi les chaises et les tables vides. La salle est grise, obscure, un peu sale. Somnambule, tu danses. Tu as le visage d'un enfant qui cauchemarde. Tu remues tes membres brutalement, tu te caresses, tu marches, comme on enlève un habit. Le sol partout te regarde.

Le restaurant est vide. On hésite toujours à entrer dans une salle vide, on se demande ce qui cloche. On ne s'assoit pas tout de suite. On se poste dans un coin. Là, plutôt là, ici d'accord. Le malaise se dissipe. Le prochain entre et c'est la même peur.

Pina avance dans ce café à mesure que les hommes et les femmes entrent. Ils ne font pas attention à elle. Pina les regarde, elle voudrait être contemplée. Moi je te regarde, Pina, je te regarde depuis le début, je te dévore des yeux et j'en oublie mes alentours. Depuis que je te regarde, Pina, je manque à l'appel. Des absences s'immiscent dans ma tête. J'oublie ce que j'ai fait durant ma grossesse.

Sur la scène, tu déambules comme une damnée, Pina. Qu'est-ce que tu trafiques ? Ton regard m'inquiète, tu parais blanche et possédée, ça fait peur à voir. Tu te revois petite, toi la gamine des cabaretiers trop occupés par leur bistrot pour prendre soin de toi. Je connais ça, Pina. Se cacher sous la table et observer les gens jusque tard. Tu ne veux pas non plus aller dormir, tu préfères vagabonder, entendre de drôles de choses. Il ne faudrait pas écouter ce que les personnes murmurent entre elles. Mais tu écoutes. À force, ça s'infiltre en toi, ça t'alourdit, ça te perce.

Dans *Café Müller*, tu ne fais pas de chichis. Ta courbe s'abîme contre les meubles. Tu piétines. Une incapable. Tu trébuches, les bras tendus vers moi. Tu rampes. Ma fille, tu rampes, disait ton maître, Kurt Jooss, quand tu étais jeune. C'est vrai que tu rampes beaucoup, Pina. Mais tu te relèves. Quand tu te relèves, tu te déploies.

J'ai reçu une nouvelle carte anonyme ce matin. Je n'ai même pas eu peur. Je l'ai pressenti avant même l'ouverture de la boîte. Mon corps savait.

En ce moment, je ressens beaucoup de choses. L'envie de m'allumer une cigarette, faire comme Pina. Je m'interroge. Je me questionne pour ne pas ressasser. Sur les labels écologiques, sur les pansements, sur la magnésie, même sur le coucher du soleil pour ne pas penser à la culpabilité. La culpabilité, c'est se regarder dans un miroir et ne plus rien voir. Pour me changer les idées, je reste occupée en nourrissant mon fils, j'enfourne des cuillerées de purée de pois dans sa bouche, il se goinfre, je nettoie la table, lave les couteaux, lis un magazine de femme seule sur ma table de femme seule.

Quand j'ai découvert la carte ce matin, je voulais faire le ménage dans ma vie. Prête à avancer, oublier l'enquête, ignorer Kader, affronter ma mère et répondre aux appels incessants de Sandra. J'en avais marre d'être le fantôme du café. Barnabé me scrutait ce matin-là. Pour la première fois, il me regardait telle que j'étais, une mère loin d'être parfaite.

Avant, je m'imaginais qu'être mère, c'était la somptuosité, la confiance, la satisfaction. Je voyais la maternité comme une porte d'entrée. Sans dalle fissurée, sans trou de souris. Un état meilleur, révélé. Je me suis trompée. Enfanter, c'est le début de la tombée.

Après le déjeuner du bébé, j'ai descendu les escaliers, ouvert la boîte d'acier. Parmi les couches de papier, je l'ai entrevue, une carte ressemblant à la première. Pas une allure de publipostage, un papier fin, sans relief, d'assez bonne qualité, au fond bariolé de jolies couleurs vives. Traits cubistes, façon peintre de marché. Je l'ai lue et le sol s'est mis à trembler. Au dos, la même écriture à la main.

PARDONNE MOI

C'était pire qu'une menace.

Sandra et Gaspard m'emmènent au théâtre pour me changer les idées. En hommage à Pina, le Théâtre de la Ville fait jouer *Ahnen*, un de ses spectacles pour l'hiver. Quand Sandra me tend par surprise les billets, mon pouls s'accélère, j'en oublie les regards étranges de Gaspard, ses yeux distraitement perçants sur moi. Je tremble. Je ne me sens pas à la hauteur pour faire face aux danseurs de Pina.

On entre dans le hall, Sandra est élégante, elle porte des boucles d'oreilles dorées et une belle robe noire. J'aurais dû faire un effort aussi, me laver les cheveux, surtout que c'est la première fois que je vais au théâtre. Ce n'est pas une activité d'ouvrier. Je me sens heureuse ce soir. J'ai envie d'être là parmi les placeurs, près de Sandra et de son mari tirés à quatre épingles. Envie de flâner, de déguster ma part du gâteau même si je n'ai pas un rond pour l'entracte. On nous place au milieu de la salle en nous tendant une brochure du spectacle. Je vois le visage de Pina sur la couverture. Je voudrais crier dans la salle, c'est Pina, ma Pina, regardez-la, c'est elle parce que c'est moi.

La brochure raconte une histoire.

« Dans un magazine, on découvre la vieille photo d'une danseuse qui échoue dans la vallée de la Mort. Elle y réalise enfin son rêve : ouvrir un théâtre. Sur les murs, elle fait peindre des danseurs et des spectateurs. La photo la montre en costume rouge de ballerine, dansant seule, devant un immeuble en ruine. »

Pina conclut : « La réalité dépasse toujours la fiction. »

Le ballet débute. C'est une forêt de cactus. Il y a de la musique rock, ça pétarade en guimbarde et sons de cloche. Les gens se perdent dans l'immense forêt. Un punk en kilt écossais, un couple en peau de léopard caché par des masques de chat, un homme avec des bas sur la tête. Une riche héritière et son majordome se promènent, elle se la coule douce parce qu'elle a du fric. Les autres piétinent, transpirent, pas elle. Tous veulent retrouver leur chemin. Ils cherchent ensemble, les petits-bourges pactisant avec le punk. Au loin, un banc de sable. Une femme construit une maison avec les mains. Il y a des marteaux-piqueurs. Rien ne va ensemble. C'est le désert et la forêt. Les classes réunies.

Une danseuse s'avance au premier rang, à quelques mètres de nous, j'aperçois ses mollets brillants et les contours épais de sa bouche. Elle broie du savon avec un outil pendant qu'une marmite derrière elle est en train de bouillir. La troupe nous fait face, elle raconte des histoires de domination. Celle du chat et de la souris. Le chat traque la souris. Pour échapper au chat, la souris se fait chier dessus par une vache. Les gens rient mais moi, ça me rend mélancolique.

Un Indien est assis en tailleur au milieu des bois. Plus de musique. On soigne les douleurs des uns, on prépare les lits de camp pour les autres sur la plage. Les danseurs titubent mais on ne sait pas pourquoi. Peut-être parce qu'ils veulent arriver quelque part. Ils veulent appartenir à un endroit. Je connais bien ça. On allume un feu pour la nuit. Un homme est conduit à ses propres obsèques. Il est encore vivant. Il voudrait pleurer, en vain, les larmes coincent, butent, restent à l'intérieur, alors on l'enterre. À la fin du spectacle, la traîne de la riche héritière trempe dans le feu. Elle se met à s'embraser.

Les gens se lèvent. Je n'applaudis pas.

À la place, j'espère avoir été celle qui a tué Pina.

En sortant avec Gaspard et Sandra, sur le trottoir face au théâtre, j'entends les bribes de conversation sur *Ahnen*. Les gens analysent, déversent leurs sentiments, incapables de retenue. On dit que c'était touchant. C'était beau. C'était poétique. On rétorque que c'était mouvementé, incohérent, musical. On crache les adjectifs comme des postillons, de l'emphase moulue dans les phrases, des émotions au bord des lèvres. C'était absurde et convaincant, c'était une fable et un conte, c'était un beau moment. On hoche le menton en groupe, pour acquiescer.

On répond que c'était amusant surtout. Qu'est-ce qu'on a ri, à un moment je m'y suis vue avec toute la tribu au barbecue de Marie-Jo, l'an passé, le feu qui prenait pas, mon mari qui pestait, moi ça m'a rappelé le baptême du petit Paul, comment elle s'appelait déjà la femme de la paroisse ? J'ai vu mon enfance sur scène, les plages avec mon chien, un labrador, qu'est-ce qu'il était beau, j'ai ressenti beaucoup de choses, moi j'ai pensé à la crise boursière, au deuil de mon père, à la déforestation, aux chants bibliques, à la Sainte-Victoire, j'ai vu des métaphores du monde, la misère des miséreux, il faudrait pas trop en rire, mais on insiste, à quoi bon, on s'est marré, on a le droit faut pas charrier.

Pina, c'est bien plus amusant qu'avant. Les gens disent ça. Quelque chose aurait changé dans son travail. Pina avait sûrement vieilli, elle était plus tendre, elle avait envie de douceur. Les gens ont tort. Pina est restée la même. Son humour, ses étincelles, son bois. Tout était là, dans sa cheminée. Mais les gens ne la connaissent pas.

En rentrant chez moi, je cherche la signification du mot *Ahnen* sur Internet. En allemand, *Ahnen* signifie « ancêtre ».

Mais il a un second sens.

Le fait de se douter de quelque chose.

Je me souviens. J'ai cinq ans, on m'arrache aux copains, au réfectoire, au dortoir, à mon lit mou, qui couine quand je me tourne brutalement, quand je ramasse la couette la nuit parce que j'ai froid aux pieds. Tous me disent que c'est pour mon bien. Un voyage en train, le premier. Dans une cabine pour six. Je suis au milieu. Entre un vieillard au manteau sale et cette dame aux yeux rapprochés que j'ai vue quelquefois, celle qui vient me poser toutes ces questions. Des paysages défilent par-delà le train, découpés dans des livres, de la neige se fendille sur les branches, des vaches meuglent, je ne les entends pas mais je place le son dans leur gueule. Les vaches ne pleurent pas. Elles résistent, ne clignent jamais. Elles sont comme moi, chialer c'est non.

Le panneau de la Bourgogne en gros. Dessus, une feuille automnale. J'associe le coin aux escargots.

J'atterris dans une petite maison. Il y a une ferme, des enclos, une forêt, un couple de paysans attablé à une table de cuisine, des rubans tue-mouches incrustés d'ailes tout autour. Je m'enfouis sous la toile cirée en attendant que la dame aux yeux rapprochés s'en aille. Le couple de paysans me sourit. Ils attendent que je sorte de mon trou. Ils ont l'air ravis de mon arrivée. Les fermiers élèvent des chèvres, des poules et des lapins en cage, des lapins que je rechigne à câliner parce qu'ils ont la taille de chats. Avec le temps, je me prends d'affection pour le chien de la maison, un vieux teckel, et pour le père. Je pose mon nez et m'endors le soir dans son ventre poilu. Celui du chien, pas du père.

Je respecte les règles établies par la fermière. Je mange les terrines. Je passe le balai dans la cuisine et le râteau dans la grange. Mes souliers trop petits restent dans l'armoire, j'enfile des bottes à ma taille, du plastique qui ne craint rien, ni les flaques ni la vie. Puis aussi, une paire de sabots, taillée et lourde, qui me fait faire de longs pas comme une femme et qui aplatit la terre. Je grimpe sur des rochers, abîme les ruches à l'aide de bouts de bois, je me déguise avec la mousse, j'en mets sur mon sexe et je ris seule parmi les arbres.

Je grimpe. J'explore. Je trébuche, je m'étale tout entière. Des couleurs salissent mes vêtements. Vert, marron, des couleurs sans feutre et sans yaourt.

Quand je serai grande, je serai vétérinaire. Non, éleveuse de chevaux. Non, fermière.

J'aide la fermière à nourrir les poules. Je vaincs ma peur des lapins et les caresse d'une main raide. Quand la fermière me dit d'aller me reposer, je repars vaquer dans la forêt. J'escalade les talus, je dégringole, j'écorche mes doigts et mes genoux, je voudrais conquérir les bois mais on m'appelle pour dîner. Encore du ragoût. Je compte les mouches fatiguées au-dessus de ma tête, je fronce les yeux et prie Jésus pour que l'une d'elles tombe dans mon bol.

Je passe deux Noëls ici à déplumer la volaille, à regarder la messe à la télé avec les fermiers, et puis à ouvrir furieusement mon cadeau. À chaque fois un tricot de peau. Peu importe, c'est eux que j'aime. Sous ses longs cheveux gris, la fermière me regarde, le sourire aux lèvres. Elle porte une couette longue et des habits ternes. Je lui dis merci et je le pense.

L'école au milieu du village, on est onze dans la classe, on apprend ensemble, c'est plus convivial. J'aime la vie ici, les courses en tête à tête avec la fermière dans la vieille camionnette, le bourg et son musée de la Mosaïque, le marché du samedi avec ses voix de putois, la ferme surtout, les pierres apparentes, l'odeur du foin, le sang noir des bêtes séché sur le sol et la soupe de cresson. Les paysans m'aiment et, pour la première fois, je rends la pareille.

Quand je serai grande, je serai mère.

Mais la dame aux yeux rapprochés revient. Elle a vieilli mais elle porte toujours les mêmes chaussures aux pieds. En entrant, elle fait ce même petit bruit agaçant avec les talons, je le reconnais distinctement depuis l'étage. Mon ventre se trouble. La dame me salue quand je descends. Elle me regarde, me tapote le dessus du crâne et recule murmurer des choses plus loin pour ne pas que j'entende.

Elle m'enlève aux paysans. Au pays.

Je suis postée sur la chaise en rotin préférée du fermier, insouciante et crétine, quand j'apprends la nouvelle. La campagne, la forêt, la camionnette, c'est fini pour moi. Je m'en vais sans savoir où. À trois, ils se mettent pour faire ma valise. La fermière pleure. Vous vous donnerez des nouvelles, nous balance la dame. De quoi elle se mêle, celle-là ?

On prend le train pour Paris. Une femme m'attendra sur le quai. Au cours du trajet, la dame m'informe que cette femme m'a adoptée. Elle vit seule à Paris, elle a perdu son mari, elle tient un café et elle sera très gentille. Cela me paraît louche. À l'endroit prévu sur le contrat, cette femme a signé pour moi. Elle n'a pas attendu de me connaître, de savoir si je suis propre, si je sens bon, si je sais faire le poirier. La terre s'égrène à mesure du voyage, les champs disparaissent, des immeubles s'incrustent dans la bande. Des trottoirs, des vitrines, des pics qui écorchent le ciel, la ville m'éblouit. J'ai le trac. Je vais rencontrer ma mère. Quand je la vois debout sur le quai, les yeux sur le qui-vive, je cache le grain de beauté qui abîme ma joue.

À Paris, je serai vétérinaire. Non, je serai couturière. Non, danseuse.

Barnabé fête ses six mois. Il réagit au son de ma voix. Je suis sa mère et il le sait. Barnabé a l'habitude de jouer tout seul dans son parc, le ventre couché. Il comprend les mots quand je découpe les syllabes. J'ai la voix d'une mère maintenant, je dois m'y faire. Mais le bébé ne parle toujours pas. Quelques gloussements, des soupirs, rien d'autre. Je lui coupe les ongles des mains, ses doigts si petits que je pose délicatement sous la guillotine de l'outil. Parfois, sa peau saigne un peu. J'ai été délicate mais il est trop fragile. Barnabé grandit sous mon nez. C'est un tour de passe-passe, je ne remarque rien. Ses postures changent, il ouvre les mains, Barnabé agrippe ce qui file sous ses yeux et le goûte. Quand il entend un bruit, il tourne la tête brutalement. Pas étonnant que je me sente traquée.

Quand je regarde Barnabé, je ne reconnais aucun air de famille.

Six mois après l'accouchement, j'ai l'air vieillie. Ma motricité à moi reste au point mort. Je deviens une femme seule et âgée. Six mois d'insomnies et de couches à récurer, de bodys à nettoyer, de biberons à désinfecter, de bavoirs à changer. J'ai pris dix ans. Voilà ma sentence. Les rides se sont incrustées au fond d'un derme épuisé. Surtout, c'est la solitude qui ternit. Vivre seule, criminelle célibataire, ouvrière isolée. Ma mère dit que je ne me ressemble plus, à tel point qu'elle parle de moi au passé.

Tu débordais de piquant. Tu avais de l'esprit, Clémentine. Elle raconte qu'avant ma tête était pleine de roses. Avant, tu savais ce que tu voulais, cette manie-là de te frayer le sillon, sans passer par quatre chemins. Tu faisais rire la galerie. Tu te faisais toujours remarquer.

Ma mère utilise l'imparfait et toutes sortes de mots qui ne se couchent pas sur moi.

Je fixe le reflet de la glace dans la salle de bains. Je ne vois que les traits d'une coupable, celle qui a privé le monde entier d'un génie. C'est une chose lourde à porter. Cela devient mon identité.

Ma mère m'accuse de décliner, de traîner comme ces femmes dépressives qui serpillent le sol à la va-vite avant de se morfondre dans le canapé. Est-ce qu'elle se rappelle comment elle était à la liquidation de son café ? Tes cheveux, Clémentine, ils sont ternes, buissonneux comme de la paille, je vais t'acheter des soins. Tu te laisses aller. Sur le quai de la gare, ma mère était cette femme sans faille au sourire immense. Elle m'a adoptée et depuis, tout a changé.

Dans la cuisine, je refuse d'y repenser. Mes cheveux restent secs, ma bouche gercée. Je mets de l'eau à bouillir. Cela me donne l'impression d'avoir rendez-vous avec quelqu'un.

Pina aime regarder de biais, toujours. Sa tête légèrement vers le bas. Vers le sol, là où pour elle tout se passe.

Son regard ne dit jamais qu'un secret. Ses yeux sont comme elle, versatiles, changeants comme la couleur d'une pierre magique. Ses yeux sont toujours émus quand on l'ovationne. Les applaudissements, les prix, les distinctions qu'elle reçoit, les mains humbles sur sa poitrine marbrée. Son regard, à peine fuyant, par en dessous. Ses yeux sont graves quand Pina s'interroge. L'iris devient profond. On dirait une tragédie. Parfois, le regard de Pina fout les jetons. Il n'y a plus de légende. Plus d'Orphée, plus d'Iphigénie.

Pina a ses colères. Une vraie araignée. Quand l'orchestre refuse les heures supplémentaires, ras le bol des imprévus et des plannings de répétitions qui changent, Pina devient furieuse. Elle demande à tout le monde de déguerpir et elle continue seule avec ses carnets et ses enregistrements. On ne lui dit rien en face, on n'ose pas parce qu'elle paraît fragile. Une si petite femme, ça ne se réprimande pas.

Elle en joue, Pina. Elle ignore les problèmes des techniciens, les doutes de sa troupe, elle les élude, fait taire les chuchotements. Pina pense à son art. La petite égoïste. Elle en impose beaucoup à ses danseurs, elle ne leur dit jamais ce qu'elle crée, ni comment, ni pourquoi. Pina teste et sonde, son histoire est en elle. Alors les danseurs se battent pour comprendre, ils bagarrent le vide. Parfois ils se sentent nus, violentés, déprimés, on ne joue pas pour de faux avec Pina.

Mais quand Pina s'amuse, ses yeux appellent le pardon. Ses yeux brillent comme ceux d'un enfant après une peccadille. Pina a mille sourires. Les danseurs devant elle, Pina s'illumine munie de ses lunettes grand foyer. Elle est reconnaissante. Une tape chaleureuse dans le dos. Elle les recoiffe. Elle époussette leurs vêtements en guise de merci. Les yeux de Pina finissent toujours par s'attendrir, ils disent ce qui se passe sur scène, ce qu'il y a dans sa tête, au fond ce qui nous échappe à tous.

Pina regarde toujours au loin.

Pina a les yeux bleus.

Avec les ouvriers, décidément ça ne passe pas. Chez eux, ça ne chante plus solidaire. La semaine dernière, un type de la logistique s'est fait percuter par une des nouvelles machines à capteurs qui remplacent les caristes. Accident du travail. Certificat médical. Plâtré deux mois. La technologie nous vire à tour de bras et en plus elle nous brise les os. Tout le monde a jacté dans les rangs. Mais personne n'a épaulé l'ouvrier.

À force de côtoyer les cols-bleus, fini l'union. Fini le temps des sixties, les bars miteux où les ouvriers s'agglutinaient pour cracher leur hargne et décalquer le patron en bouffant leur jambon-beurre. Le prolo d'aujourd'hui, il oublie d'où il vient. Il ignore par quoi son prolo de père et sa prolo de mère sont passés pour payer le camembert hebdomadaire et les vacances à Dinard. Si Bruno était là, il serait vert.

Avant, j'aimais les ouvriers. J'aimais leurs colères, leurs visages animés qui ressemblaient à des tests de Rorschach, j'aimais leurs habits froissés et leur front transpirant. Je les aimais parce que, contrairement à moi, ils avaient un sens de la famille.

Mais aujourd'hui, l'ouvrier vise haut.

En voyant de près les 4 × 4 des cadres sur le parking, il se dit que lui aussi, il a le droit de polluer la planète trois fois plus qu'un autre abruti. Il a le droit de penser américain, confort et technologie, comme un bac +5. Il est légitime. Il bosse dur. Quinze ans de boîte, il mérite bien une petite montre suisse au poignet quand il sort maman dans le restaurant à nappes blanches de la ville. L'ouvrier s'invente une vie. Il rêvasse, avachi dans son canapé en cuir payé en douze mensualités, 4,56 % TAEG. Il rêve de devenir le petit patron, d'avoir la maison, la femme institutrice et les deux gosses en école de commerce qui n'en foutent pas une. Forcément le matin, quand l'ouvrier pointe à la badgeuse, qu'il enfile ses chaussures de sécurité, il baisse d'un ton. Il obéit dans l'espoir qu'un jour ce soit lui qui se lève du bon côté du manche.

Heureusement, à l'usine, il y a les deux chefs de la CGT. Bernard et Maguy. Je l'aime bien, Maguy. Elle dit haut et fort ce qu'elle pense. Elle en a des choses à t'apprendre quand toi tu n'oses pas l'ouvrir face au manager qui mange les deux derniers croissants de la corbeille sous ton nez. Bernard, c'est différent. Il se comporte comme un gourou. La cinquantaine bien tapée, il les séduit tous. Avec ses chaînes gros maillons et sa bedaine, on lui trouve du charisme alors qu'il ressemble à une caricature, un visage de tract placardé sous le pont d'une voie ferrée. C'est le même gabarit. La gueule bien arrosée et la calvitie qui chante l'*Internationale*.

Bernard ne m'a jamais appréciée, même quand j'étais au standard. Il m'avait dans le collimateur, je refusais d'intégrer sa secte et de l'aduler comme une fanatique.

Depuis mon transfert sur les lignes, Bernard prétend que je fais partie du clan ennemi. Une taupe. La CGT a perdu la majorité aux dernières élections alors Bernard vire parano. Entre Maguy et lui, ça ne va pas fort non plus. Le mariage prend l'eau. Bernard couche à droite à gauche, il ne s'embête pas à choper les collègues, gibier à volonté. On a retrouvé une capote usagée dans les toilettes. Le DHR a fait taire l'histoire mais ça sentait le Bernard à plein nez. C'était bien la première fois qu'on ne l'avait pas entendu la ramener à tort et à travers. Les maîtresses de Bernard, on sait tous qui elles sont. On les voit qui l'idolâtrent, qui glapissent avec leurs yeux de caniche et leur frange gondolée.

Maguy ne déteste pas son mari. Elle accepte les tares du bonhomme. Contrat sans vice caché. Elle parle de lui quand on prend la pause, elle et moi, les cinq minutes réglementaires à s'écouter. Je la regarde fumer et déverser. Maguy y va à la franche, pas d'illusions chez elle. Elle me raconte tout, pas de fausse pudeur. Pourtant, à chaque enjeu de l'usine, elle et Bernard réapparaissent soudés. À la question des congés payés ou des primes à la qualité. C'est la CGT qui s'unit. La femme et son mari. Toujours d'accord, pas question de se replier, de se laisser berner, ils passeront par les troupes, ils alerteront la foule comme des guetteurs de feu, ils harcèleront la direction, ils lui feront la peau au CE. La réunion durera des heures et des heures, ils pinailleront, ils feront bloc, ils sèmeront leur célèbre zizanie.

Ils sont de bons ouvriers.

Dans *Viens, danse avec moi*, une femme supplie à l'orée d'une clairière. Elle supplie qu'on l'aime. Elle se tient droite parmi les arbres, les bras contre elle, devant un grand toboggan. Son visage paraît haineux parce qu'elle est amoureuse. Elle aime de toute sa colère. Ça la rend un peu laide quand on la regarde de près. Des hommes s'immiscent dans les bois, ils la pourchassent à l'aide d'une fourche, elle monte et chute du toboggan, ils la fouettent avec des branches d'arbre, sa cheville se tord. Mais l'amoureuse résiste. Un homme tout en blanc vient la voir. Il a l'air doux, celui-là. Il semble bien différent des autres. Il porte avec lui une ribambelle de cintres et de chapeaux qu'il pose un à un sur sa tête. La femme se laisse faire. Bien comme il faut. Elle aime ça. Elle veut le séduire, lui aussi.

Viens, danse avec moi, dit-elle.

Viens, danse avec moi, j'ai un tablier blanc, par-dessous, un autre bien plus doux. N'arrête pas, n'arrête pas, viens danser, viens danser, et mon beau tablier bientôt sera troué.

L'homme s'en fiche. Regard distrait, grimaçant, il ne l'écoute pas. L'homme s'en contrecarre des galantes, des dévouées, des mendiantes, des culs de jument toutes gentilles. Elles valent zéro pour lui. L'amoureuse continue de chanter mais l'ensorcellement ne prend pas.

Rends-moi jaloux, invective l'homme. C'est ce qu'il lui faut pour désirer. Fais quelque chose de mal. Montre-moi. Dis quelque chose de dur. Cherche-moi. La femme s'exécute. Elle donne des ordres, elle se maquille en couches. On dirait un clown triste. Elle avance d'un pas décidé. Elle se déhanche vers l'homme qui la toise. Parfois, je me sens comme une…, dit-elle. Elle rembourre sa robe, gonfle la poitrine et l'aine. Son corps tordu, elle avance comme une vamp prête à tout. L'homme enfin la regarde.

Pour être aimées, nous toutes tentons jusqu'au bout.

Au dixième étage, ma baie vitrée est coupée du monde et des dangers. Ma tour d'ivoire donne sur une zone industrielle sans beauté et peut-être, derrière les paraboles, sur une mer lointaine, trait horizontal bleu de lait.

Une souris s'invite chez nous. Elle monte les cent quatre-vingts marches pour infiltrer mon espace. Je la vois par hasard un soir longeant la plinthe du salon. On ne peut pas vivre avec une souris, elle est très mignonne mais c'est non.

Quand la bestiole traverse la pièce, je bondis sur le canapé, digne et féministe.

Je la recroise une semaine plus tard, à l'aube, je suis assise sur les toilettes, la souris passe sous la porte et me fait face. En me voyant, ses pattes détalent sur le carrelage endormi. Depuis, j'ai peur quand je fais pipi. La souris revient quand je cuisine. Elle sent l'odeur des plats. Je ne préparerai plus que du navet, tant pis. Il faudrait poser des pièges, du poison, des crochets coupants, au lieu de ça j'appelle ma mère en détresse. Elle prend la situation très au sérieux. Elle me dit, je serais toi, je partirais.

Barnabé regarde la créature traverser la pièce, façon coyote. Sans doute mon fils aimerait la caresser, donner à la souris des miettes de pain comme aux canards à la mare. Je lui annonce le danger de la situation, que la nuit, elle peut venir à l'intérieur de nos bouches. Tu sais, comme les araignées. Il me regarde l'air entendu.

À contrecœur, j'installe une tapette aromatisée au beurre de cacahuète, conseil du vendeur. La souris passe à côté sans tentation. Elle a le palais difficile, c'est ma veine. Elle se promène, insoucieuse touriste, elle prend son temps dans l'appartement, elle fait ses besoins aux pieds de mes chaussures, elle ne nettoie rien, elle se balade, la sans-gêne, elle éprouve un petit pincement de Stendhal face à ma peinture Ikea. Elle connaît les lieux maintenant. Ça se voit.

Plus tard en mangeant avec Barnabé, j'entends un cri. L'enfant se fige, la cuillère en plastique dans la bouche. Il me dévisage, me pousse des yeux, va voir, c'est toi l'adulte, protège-moi. Je lui essuie la figure au bavoir et pars entrouvrir la porte. J'aperçois la tapette renversée, la tête du rongeur emprisonnée, sa queue sur la moquette, j'entends ses pleurs répétés à l'intérieur du piège. La nausée me prend et j'attends qu'elle se raidisse, après sa danse du pendu.

Avant que Barnabé n'entre dans ma vie, jamais je n'aurais été capable de tuer.

À quinze ans, Pina s'en va de la maison. Elle quitte ses parents pour une école de danse à Essen. Très vite, elle part à New York, une bourse dans la poche. Elle est encore jeune. La Juilliard School l'attend. C'est le voyage absolu, l'Amérique du Nord. On s'y rend encore par paquebot. Ses parents l'accompagnent, il y a des musiciens qui jouent sur le port de Bremerhaven. Tout le monde chiale, même le mutique père de Pina. En partant, la jeune fille se persuade craintivement qu'elle ne reverra jamais ses parents.

Le voyage dure huit jours en plein cagnard. C'est une traversée. Pina ne parle pas anglais, elle tient dans sa poche l'adresse d'un type de l'orchestre là-bas qui peut l'héberger. Elle passe par l'Angleterre et la France avant d'arriver à bon port. Comme les autres, elle doit présenter un certificat médical à l'arrivée mais elle l'égare. Pina, au fond d'un vieux hangar, attend que mille trois cents passagers soient contrôlés. Le type de l'orchestre l'attend sur le ponton, un bouquet de fleurs à la main. Il la guette des heures sans même repartir, les fleurs fanent au soleil comme dans les pièces de Pina plus tard. Elle est émue de le voir planté là, patient, elle s'installe chez lui et sa femme. Pour son premier soir, ils lui proposent du whisky et des tartines de beurre salé. Pina se force à avaler.

Pina se prend de passion pour les longues rues quadrillées de New York, ses lumières coruscantes, ses cafétérias et ses cancrelats noirs. Pina a une bourse mais peu de sous. Aux vendeurs, elle désigne du doigt ce qu'elle veut manger. Un jour, son porte-monnaie disparaît. Elle vide son sac, ses chaussons de danse sur le comptoir. Elle n'a pas les bons termes pour dire on a volé mon porte-monnaie, mon dieu c'est pas vrai, je vous laisse mon sac, mes chaussons, je vous assure, je reviens, je fais vite c'est juré. L'homme à la caisse lui sourit et lui donne cinq dollars pour qu'elle rentre chez elle. Pina n'en revient pas.

Pina achète peu. Elle investit dans une bouteille de babeurre et mange beaucoup de glace. De la glace à la noisette et au citron. Elle étudie, danse, apprend les arts, la sculpture, les chants d'église et le tempo. Elle en veut, ne lâche rien, montre aux professeurs qu'elle est la meilleure. Après ses études, elle devient soliste à l'Opéra. Elle fait ses premières armes sur scène, on la remarque, elle joue avec les plus grands danseurs américains. Mais son ancien professeur allemand la recontacte. Il lui propose une place dans sa compagnie. Pina hésite, elle adore l'Amérique. Finalement, c'est d'accord, elle repart. Avant de quitter New York, Pina retourne à la cafétéria, une dernière fois. Juste pour sourire à cet homme à la caisse.

À quinze ans, moi, je n'ai ni bourse ni talent. Je rêvasse face à la téloche depuis le canapé motif géraniums. Je tombe amoureuse de Patrick Poivre d'Arvor. J'en pince pour sa belle gueule de sainte-nitouche, sa rousseur, sa voix paternelle qui manque à mon éducation, son timbre doux et autoritaire.

À cette époque ma mère fait faillite. Le troquet n'a plus la cote, les clients désertent pour des lieux plus jolis, avec cocktails et beignets de crevettes. Ma mère tombe dans une dépression invisible. Les banques aux trousses, l'estaminet ferme ses portes, des travailleurs viennent détruire le comptoir, les portes en vitrail, le carrelage où je rampais petite à la Pina. On enlève la belle devanture de ma mère qu'elle regarde partir dans un camion. Ma mère insiste pour récupérer certains trucs. Une petite machine à café, des dessous-de-verre, la caisse enregistreuse pour les souvenirs. Un vrai dépotoir dans la maison.

Après le troquet, les huissiers en ont après notre appartement. La menace rôde dans la boîte aux lettres. Des retards dans les paiements. J'aide ma mère à s'acquitter des dettes. Je fais des petits boulots. J'ai pas l'âge légal, alors les patrons et moi, on s'arrange. Je fais les lits dans un petit hôtel, de la garde de mioches à problèmes, du repassage dans ma chambre. Je joins les deux bouts et toute la ficelle. Mais la lettre dit qu'il faut déguerpir dans trois mois. L'excuse de la trêve hivernale. Moi, je supporte le froid. J'ai le dos robuste, ferme, le frisson ne rentre pas. C'est l'été qui m'effraie, la sécheresse le long du bitume, l'hyperventilation, je refuse que ma mère et moi jouions les chiens pas frais dans les rues.

On quitte l'appartement au printemps, inscrits sur liste d'attente pour un HLM. Ma mère désespère, honteuse, chez l'amie navrée qui nous héberge. Ma mère perd l'envie de commérer et je trouve le temps long. Je me fais toute petite chez l'amie de ma mère, une coiffeuse qui rit très fort, qui parle sans penser, qui est trop désolée, punaise ma chérie. Parfois je saute les repas pour ne pas l'entendre et pour profiter de la chambre que nous partageons, ma mère et moi.

On dégote finalement un T3 dans une banlieue lointaine, ma mère retrouve des couleurs. Elle se dit que le vent tourne. On se rend dans la cité par un métro crasseux qui disparaît dans la brume, comme un train maudit. La banlieue est pétrie d'immeubles qui se ressemblent, sans troquets, sans merceries, sans café-croissant ni complet-veston. Une banlieue où à la place règne la vie des autres. On s'y installe, ma mère et moi, on visite la zone étrangère pour la première fois. On devient les autres.

Depuis, rien ne change. On y vit toujours, elle et moi. Le HLM ne prend pas une ride. Pas de ravalement de façade, de belles plantations. On laisse intacts les rambardes jaunes, les marches en grès, le vieil ascenseur à portes d'acier toujours en panne, on laisse le rose des murs se diluer sous les intempéries. Ma mère a oublié sa vie d'avant, elle se dit heureuse maintenant mais je la crois pas. Je vois son immeuble rabougri de ma fenêtre, de mon HLM à moi, que j'ai obtenu parce que ma mère connaît bien le type des dossiers. Un immeuble identique en tout point, sauf qu'ici les rambardes sont bleues.

Bizarrement, ça me fait pas penser à la mer.

Dans la montagne, on a entendu des hurlements. C'est seulement toi. Viktor. Le laveur de vitres. Deux cigarettes dans le noir, des œillets, à Palermo, Palermo. Un Barbe-Bleue. Il se doute de quelque chose. Devine. Viens, danse avec moi. Contact. Mais Renate s'en va. La légende la chasteté. Viens, danse avec moi, danse la fière Mazurka ou le Danzón. Il la prend par la main et l'emmène au château, les autres suivent.

Mis bout à bout, les ballets de Pina forment un conte. Une histoire qui grossit et se déforme comme un motif. Une péripétie dangereuse, amoureuse, interdite aux gamins.

Les uns aux autres, mes souvenirs se superposent. Ils s'enchaînent et se contredisent, ils sont le château de sable pris par la marée.

Kader a disparu de la circulation. Je ne prends plus la peine de faire le pied de grue en bas de l'immeuble, je préfère que l'éboueur m'oublie. Les hommes savent faire. Bruno pourrait lui apprendre. Expert, le gars.

Avec Bruno, je me souviens qu'on faisait des petites choses qui me rendaient heureuse, comme ces couples qui partagent à la fourchette leurs boîtes de conserve et se prêtent sans rechigner le programme télé. Des petits trucs qui te font grimper les frissons sur les avant-bras. Une fois au supermarché, Bruno avait proposé de faire ma couleur. Bruno m'avait suivie jusqu'aux produits capillaires, il regardait les boîtes et les coloris avec conviction, il avait répliqué l'air de rien, je te fais ça ce soir, ça a pas l'air sorcier. J'avais rien dit mais j'avais envie de me rouler en boule d'amour. Il s'était exécuté le soir même, avec les gants et un peigne fin, moi toute bouleversée, shootée à l'ammoniaque, entourée d'une vieille serviette de bain. Je sentais les grandes mains de Bruno prendre soin de moi.

Avec Bruno, on faisait parfois les courses ensemble. Bruno aimait les supermarchés, l'ambiance du tout est possible, l'étalage minutieux des bouteilles de vin, les promos en tête de gondole pour appâter les gens. Derrière le caddie, Bruno bondissait. Il vacillait, les pieds sur les roues, parmi les rayons. Il cherchait à me faire honte alors que j'en pouffais de plaisir. Il aimait manger à l'arraché des mini-pains au chocolat et payer la boîte vide à la caissière, comme un gosse affamé. Surtout il aimait regarder les jouets, Bruno. N'importe lesquels. C'était sa façon de m'avouer qu'il se verrait bien en père, un jour ou l'autre. Sa façon à lui de dire que les legos et les voitures téléguidées qui s'écrasent contre les murs en faisant gémir la sirène, c'était pas quelque chose qu'il craignait. Mais à l'époque pour moi, c'était pas concevable. J'avais peur. Face à la gentillesse de Bruno, j'étais pas du tout à la hauteur.

Dans la région, Bruno avait fait ami-ami avec un collègue de boulot et sa femme. Ils étaient tranquilles, pas le genre à faire du foin dans une tanière sombre. Tous les deux vivaient dans un village minuscule de douze maisons et d'une église. Pour s'y rendre, il fallait prendre des routes en terre, zigzaguer parmi les vignes et le colza. Bruno m'y avait invitée certains dimanches après-midi. J'aimais pas trop y aller. Le couple était un peu plus vieux, ils avaient un enfant de seize ans. Il s'appelait Didier. C'était ringard et un peu tendre. Bruno m'avait prévenue avant de le rencontrer la première fois. Didier n'était pas un môme comme les autres, un petit ado roublard qui crachait dans les coins avant de faire des courbettes à maman. Didier était un bébé. Un bébé qui n'avait jamais grandi. Son corps n'avait pas pris un centimètre en seize ans. Sa figure ressemblait à celle d'un petit vieux touché par la tristesse. La peau ridée, un peu grise, à la manière d'une statue. Un vague aspect chevelu sur le dessus du crâne jusqu'à la nuque. Didier avait un regard noir et des poches lourdes sous les yeux.

C'était dur de regarder Didier. Peu de gens s'en sentaient capables. Peu d'ailleurs venaient leur rendre visite, ils s'étaient tous fait la malle, apeurés, écœurés par la créature, y compris les proches familles. Didier avait ce don de mettre l'humanité à l'écart. J'avais pas fait exception. À chaque fois qu'on passait les voir, Didier reposait dans son couffin près du meuble télé. On transitait par la cuisine. Je craignais le moment du salon où Didier régnait comme une force à part. Les parents étaient habitués mais c'était rude de ravaler son dégoût. Je culpabilisais. J'avais une peine folle pour eux trois. Les parents s'étaient retrouvés seuls tout à coup avec un bébé difforme sur les bras, leur vie c'était de s'occuper de Didier, ses pots, ses siestes, ses couches, son visage extraordinaire.

La mère m'en avait parlé une fois. À la naissance, Didier était mort-né. C'était un signe. Un soulagement pour elle. Mais le médecin l'avait réanimé. Il avait bien vu que quelque chose clochait chez Didier mais, sans rien demander, il avait tenu à lui redonner vie. Ça avait duré une minute. Une petite minute pour faire vivre ce bébé qui ne pouvait pas s'accommoder du monde. Une petite minute qui pour eux avait tout changé.

Bruno était le seul qui prenait Didier dans les bras. La mère disait trop rien mais elle était émue qu'on étreigne son fils. Avec Didier, Bruno était pas embarrassé. Il faisait pas semblant. Il cherchait pas à plaire, à montrer aux parents qu'il était vaillant et débonnaire. Il le serrait dans ses bras comme un nouveau-né, comme un joli bébé dodu qu'on a envie de dorloter. Bruno discutait avec lui, il faisait le poupin, il lui parlait à l'oreille, il lui offrait des sourires. Didier le regardait en retour de façon perçante. Ses yeux d'adulte, ses silences muets, son buste raide, ses seize ans gravés sur ce petit visage qui n'avait jamais connu l'amour des gens.

Bruno et lui, ça irradiait dans toute la pièce.

Je ne présente pas d'excuse. Mon geste sur la route est sans fierté. Mon crime sans arrière-pensée. Quand moi je serai morte, je demanderai pas grand-chose. Je demanderai juste à voler. À me transporter où je veux, à faire la virevolte au-dessus des toits et à raser les antennes relais. Je verrai les villes comme elles se montrent à moi. Je volerai pas longtemps, juste ce qu'il faut. J'apercevrai les petits pas des gens, les bébés endormis dans les poussettes et les maris qui à bout de bras supportent les sacs de courses. Je volerai au-dessus des têtes blondes, par-delà les corps qu'on retrouve et les femmes rescapées. Je volerai, je verrai le monde en vrai.

Je ne présente pas d'excuse. J'ai commis l'inexcusable en donnant naissance. Donner la vie, ça ne se plaide pas. La vie n'est pas une raison valable. On le sait, ça se défend très mal. Je regarde seulement la réalité en face. J'étais jeune et c'est arrivé. C'est aussi idiot que ça. Un écart de conduite. Sans bruit. Un choc, un ravissement. Les cyniques parleraient d'homicide. Les désavoués d'assassinat. Moi j'appelle pas un chat un chat. Mais j'accepte la sentence. Je me déclare coupable sur le banc des accusés. Je ne baisse pas le menton, mon corps reste droit. Seuls les gens vils font la révérence. Moi, je suis maladroite, on peut comprendre ça. J'ai tué, mais j'ai pas fait exprès. Je ne suis pas vulnérable, j'ai bien conscience du mal que j'ai fait. J'ai rien contre ça, c'est tant pis. Le regret est mon meilleur ami. Malheureusement je ne peux rien réparer. Je ne peux pas donner la vie deux fois. Alors le chant du bourreau, je le scande. Je le clame comme il faut. À tous ceux qui m'entendent, à tous les juges et les procureurs qui sanctionnent mes actes. Le chant du bourreau, je l'entonnerai jusqu'au bout.

On ne pardonne jamais à celui qui chante à tue-tête.

À l'usine, on a droit à des gâteaux et du mousseux pour célébrer le record du jour. Journée la plus productive de l'année. Quatre cent mille parfums. Bravo les gars, vous avez bien bossé.

Pour l'occasion, le directeur en personne vient nous voir, il délaisse son élégant bureau où je n'ai jamais été conviée. Il vient parmi nous dans l'atelier, avec ses souliers en daim, pour nous taper sur l'épaule. Je me tiens à distance, timide, prudente, dans mes chaussures antistatiques. Je tire un peu la tronche parmi la masse d'ouvriers qui trinquent au gobelet. Ils fanfaronnent. Moi je fais la gueule. J'aurais préféré avoir un flacon Chanel plutôt que du cake aux fruits secs.

Je suis fidèle à ma réputation, mes humeurs sont connues dans les rangs, Bernard et sa clique de machos se retrouvent incognito derrière la sous-traitance pour me conspuer. Ils me regardent d'un œil de concierge. Chut, il y a la Parisienne. Ils s'inventent des scénars, ils m'imaginent vénale et jalouse, reine de la nuit dans la capitale, couverte de fard à joues, aguicheuse des comptoirs, affublée de minijupes ras la moule et de désespoir. On n'est pas dans *Showgirls*, les gars.

Le problème de la classe ouvrière, c'est qu'on la voit venir à des kilomètres. Dans les vestiaires, ils placardent des affiches de Joe Bar, de posters de Clara Morgane et des dessins au fusain de Johnny. Forcément, moi et ma danseuse avec la peau sur les os, les seins qui tombent et le chignon haut, on s'en moque bien.

Après le goûter, il faut retourner bosser. En ce moment, je suis placée au conditionnement. Sur la ligne des homothétiques, j'inspecte au gant fin. C'est du boulot. Pas de robot ici, j'ajoute à la main les capuchons de ces bouteilles miniatures vendues dans les aéroports. Le travail de chaîne pur et dur dans l'odeur du bois de Cachemire et de la tubéreuse.

La nuit, je garde le rythme grâce aux petits messages envoyés par ma mère. J'ai pas le droit de prendre mon téléphone. Règlement intérieur. Pour Barnabé, je l'enfreins. Je le dissimule sous ma blouse, posture silencieuse. J'éduque ma mère aux SMS. Elle enfile ses lunettes à cordon, en s'approchant près de l'écran. Sa main droite pianote longuement les touches. Elle met de la ponctuation. Elle finit toutes ses phrases par des points. Elle met du blanc. Des espaces. Elle fait bref. Automatique. Ma mère confond les SMS avec le morse. Barnabé stop bien mangé stop. Dort comme un ange. Stop.

Sous mes yeux, les flacons défilent, les uns après les autres. Le rythme est rapide et régulier. Les bouteilles nues fraîchement serties passent entre mes doigts, la pompe ajoutée, ça ne s'arrête jamais. C'est continuel, c'est absurde, c'est moi qui pousse le rocher. C'est une danse épuisante. Ma main s'habitue aux passages en boucle, elle manie les capuchons, répétitive, agile, elle exécute un travail cadencé sans même que je puisse réfléchir. Les produits se déplacent jusqu'à moi, je ne sais plus comment je m'appelle. Je reste immobile, travailleuse, mes doigts agissent seuls. Ils attrapent, encerclent, écrasent et rembobinent la manœuvre jusqu'à l'arrêt de la machine. Quand le sifflement résonne, mes yeux découvrent les caisses de cartons empilées devant moi. Le travail est fini. Mais mes mains restent alertes. Elles guettent l'embouchure des flacons. J'ai beau m'étirer, mon corps est devenu automatique.

En 1980, Pina passe le cap de la quarantaine. Elle va mal. Roland et Anita, son frère et sa sœur, meurent. Pina n'en parle pas. Ils étaient plus vieux. Elle n'a pas grandi avec eux mais elle les adorait. Pina ne dit rien à sa troupe. Elle continue son travail. En plein dans *1980*, sa nouvelle pièce.

La même année, Rolf, son compagnon, décède subitement. Pina est mise à terre, rouée de coups. Mais le ballet est presque filé, Pina n'arrive pas à trouver un nom. Ça lui arrive parfois. Elle sèche. Elle change de titre la veille de la générale. Pina est trop triste, elle n'a plus d'idées. Elle laisse *1980*, et précise, comme un renoncement, *pièce de Pina Bausch*.

Elle et Rolf, c'était une équipe. Rolf avait sa magie pour créer des décors de cinéma. Il créait les scènes magiques de Pina. Rolf se chargeait de tout ce que Pina n'aimait pas faire. Les invitations, les factures, les échanges de vœux, ça la met en rogne. C'est lui qui chapeautait. Il assurait ses arrières. Les mouvements, la danse, c'est elle. Les papiers et les couleurs, c'était lui. Rolf est mort à trente-cinq ans.

Quelques mois plus tard, Pina et sa troupe voyagent au Chili pour se changer les idées loin de leurs ruelles grises et pavées. Pina tombe amoureuse du pays. Elle en profite pour tomber amoureuse de Ronald, un professeur de littérature et philosophe. Elle tombe encore plus. Elle tombe enceinte. Un petit garçon naît en janvier 1981. L'enfant s'appelle Rolf. Un hommage, un amour, elle y tient.

Pour Pina aussi, je comprends que la mort a déclenché la vie.

Les délais ont expiré, je dois rendre Pina. La laisser à la bibliothèque comme si elle n'était qu'un vulgaire prêt. Contrainte, je rassemble les objets, je vérifie le fond des tiroirs, n'oublie rien, range avec soin les biens précieux dans un sac en toile. Je laisse le tas sur le comptoir, la bibliothécaire attrape chaque ouvrage et le scanne. Quelque part, quelque chose me persuade que Pina et moi, ce ne sera pas un adieu.

Sur le trajet du retour, un couple de touristes m'interpelle. Ils se sont perdus dans le quartier, ils vagabondent comme ces danseurs dans *Ahnen*, ils font des rondes depuis une heure en recherchant le marché aux puces. J'indique le trajet avec les mains. L'homme ne parle que l'anglais et la femme reste en retrait, prudente, comme si j'allais lui piquer son sac. J'ai l'air si dangereuse que ça ?

Pas un chat ici, les gens sont tapis chez eux, comme des séquestrés. Je passe devant la cabine téléphonique, je repense au policier que je n'appelle plus. Je repense à ce soir-là. Cela ne part jamais.

J'ai l'idée d'appeler la clinique. Peut-être qu'ils m'aideront à me rappeller. Au téléphone, on ne se souvient pas de moi. On me dit de rappeler dans une petite heure quand la collègue sera là. Je prends mon mal en patience. Une femme me répond. Bien sûr je me souviens de vous. On a même appelé à votre sujet. Je ne sais plus trop, il y a quelques semaines.

Je n'avais pas appelé.

La femme insiste. Elle m'a reconnue à la description. La mémoire visuelle, à tous les coups. Elle me décrit avec aplomb, jogging, petit t-shirt décoré de maisons. C'est bien moi. On l'a contactée, on lui a posé des questions à mon sujet. Un appel qui remonte à, quoi, mi-août, peut-être. C'était assez bref, la personne appelait par hasard. Non, pas un homme, une dame, c'était une dame. Ça, je ne sais pas, je n'ai pas demandé son âge. Elle est restée distante, la dame était très aimable.

La standardiste semble dire vrai, je lui demande ce qui s'est passé le soir de l'accouchement.

Vous aviez le visage humide. Vous transpiriez, les contractions avaient débuté. On était encore un peu loin dans la dilatation. C'était au changement de garde. Il y avait un peu de mouvement dans les couloirs alors que le soir, d'ordinaire, c'est très calme. Je venais d'arriver, j'étais un peu retard à cause de la nourrice de nuit pour mes filles, je lisais mon livre de développement personnel. C'est puissant, vous savez. Vous connaissez ? Vous êtes arrivée sur un fauteuil roulant, faible, l'air déshydratée. Un homme vous poussait. Je ne sais pas. Non. Il est reparti très vite, dès qu'on est venu à vous. La trentaine. Non, pas typé. Plutôt aimable. Grand. Mais il n'a pas voulu signer votre charte d'admission. Il était pressé. Il en avait l'air. Il n'a pas dit qui il était. Il semblait montrer qu'il ne vous connaissait pas. Vous vous exprimiez difficilement, vous étiez ailleurs, confuse, vous aviez peur d'un accident, c'est ce que vous répétiez. La douleur devait être forte. L'homme nous a dit que vous aviez fait une petite chute. Là, juste devant. Près des bacs. Ce n'est pas grave, vous savez. Avec les contractions, c'est courant, on peut se sentir électrocutée. Vous êtes tombée dans le parterre de fleurs. Près de la porte vitrée. Vous aviez de la terre mouillée sur les bras. L'homme vous a installée sur le fauteuil. Ça peut arriver, perdre ses moyens, surtout au moment des contractions. C'est la panique. Vous ne vous souvenez pas ?

Je ne me souvenais plus.

La femme me rassure.

Pas d'inquiétude. Vous étiez drôlement fatiguée, c'est souvent le cas lors des accouchements difficiles. Après, tout est rentré dans l'ordre. Tout va bien, madame ? Et votre bébé ? Heureusement que l'homme est revenu à votre chevet.

Le boulot à l'atelier, ça ressemble à un parfum.

Note de tête : Fleurs fraîches
Note de cœur : Alcool et huiles essentielles
Note de fond : Seau de poudre et macération

Je ne suis pas certaine d'endurer ça très longtemps.

À la clinique, un homme est venu me voir. J'étais tombée dans la terre. Il m'a soutenue, m'a soulevée, m'a conduite à l'hôpital sur un fauteuil roulant. Il m'a aidée. Il n'a pas laissé son nom. Puis il est revenu pendant que je dormais. La standardiste me l'a certifié. L'homme est revenu me voir à la naissance de Barnabé.

Si je raconte ça à Sandra, elle me fera interner.

Ce matin, je laisse l'enfant à Batool. Je fais la danseuse dans la glace, je me coiffe, la queue-de-cheval prête à flanquer des coups. Je pars m'aérer. Peut-être que Kader, ce soir-là, est venu me chercher ? Mais ça ne colle pas. L'homme n'était pas typé. Sur la route, j'ai la vue qui se trouble et le pouls au galop. Il faudrait aller l'affronter mais je prends la direction de la bibliothèque comme une dégonflée. Quand la bibliothécaire me voit passer le portique de sécurité, elle me sourit. Mes visites se font plus rares alors elle apprécie. Elle n'a personne avec qui discuter. Quand je suis là, la vieille en profite, on ne parle ni de Pina ni de l'enfant. La vieille me raconte son excursion à Malte avec son mari à la retraite. Il a des envies de voyage, celui-là. Sa peau redorée la vieillit, j'écoute le récit de ses randonnées pédestres à La Valette. En l'écoutant, je remarque que son bureau est noyé sous la pagaille. Des papiers partout. Un vase de jonquilles fanées près de l'ordinateur et des dossiers ouverts, des formulaires d'abonnement, des livres, des demandes de subvention. Elle n'a personne pour lui ordonner de ranger, de nettoyer, de faire du rendement minute sur les palettiers. La vieille a raison de se laisser aller.

Je la regarde me décrire Malte, les plages, les bus sans porte et les chauffeurs roublards. Sans le vouloir, mes yeux remontent sur ses cheveux gris. Cette longue chevelure comme celle que j'ai délaissée sur la route. Je repense aussitôt à cette dame qui a téléphoné à la maternité, celle qui posait des questions sur mon compte. La vieille bibliothécaire me regarde. Et si c'était elle ce soir-là ? La transpiration me gagne, je dois halluciner. Des crampes dans les muscles, je continue de l'écouter. Et si elle savait tout ? Si elle savait que c'était moi ? La vieille bibliothécaire continue son récit de vacances. J'écoute, sans paniquer. Et si c'était elle qui m'écrivait ses menaces ? Je ne fais plus confiance à personne. Elle veut me punir, cela me torture l'esprit. Et si, au lieu de Pina, c'était elle que j'avais renversée ? Je cherche une preuve devant moi, je scrute, je continue de sourire, j'acquiesce poliment. Je fais bien attention de garder mon calme face à ses cheveux gris remuant vers moi comme une mise en garde.

En dansant, Pina parle de l'incompréhension. Elle montre les tout petits changements en nous, les révolutions, les glissements, les dérives de la douceur à la violence. Elle parle une langue à elle, crue, qui me ressemble.

Pina était une femme seule. Une femme qui aimait sourire et piquer des gueulantes, une femme connue pour ses répliques assassines et ses élans de grâce. Elle aimait embrasser ses danseurs, les couvrir de bisous, les étreindre puis tout à coup ne plus leur adresser la parole. Pina parlait difficilement, parlait peu, n'exprimait pas grand-chose alors que ses pièces disaient tout. Pina était comme ses spectacles. Un personnage contradictoire. Une folle rencontre. Elle incarnait toutes ces mères de famille dévouées et inconditionnelles dont les gestes d'amour trahissent souvent l'agacement. C'était ça, la langue de Pina.

Un soir, je passe la clé dans la serrure après le travail, comme d'habitude. Je suis fatiguée, les jambes en vrac après avoir piétiné le sol de l'atelier. Chez moi, les lumières sont éteintes. Je trouve ça étrange. Habituellement, ma mère dort ici pour veiller sur Barnabé jusqu'à mon arrivée. Mais ma mère n'est pas là. Je vais jusqu'à l'alcôve. Barnabé a quitté son lit. Je les cherche, les appelle, Barnabé est parti.

Mes doigts s'agrippent au téléphone, composent le numéro maternel. Ma mère ne répond pas. La sonnerie ballotte dans le vide, coup après coup. À chaque battement, je deviens malade. Les appels se répètent, ce n'est plus moi qui presse le bouton. C'est l'instinct maternel. Les poings fermés, les ongles enterrés sous la peau, j'écoute les bips me provoquer. Je claque la porte et me précipite au pied de son immeuble. L'interphone reste silencieux. J'enrage. J'appuie plus fort sur le bouton central. J'enfonce mon pouce tout au fond. Ma mère n'est pas là. Sur le chemin, je l'appelle encore, son nom sur l'écran m'écœure. Je veux la pulvériser. La briser menu. Je lui laisse des messages, j'invective, je menace. Tu ne verras plus jamais Barnabé. Tu viens de dépasser les bornes. Tu peux nous oublier, lui et moi, c'est terminé. Tu n'aurais pas dû.

En rentrant, je m'allonge sur le lit. J'oublie d'allumer les lumières ; le noir autour de moi et le téléphone sur le front comme une compresse. Ma mère finit par m'écrire un message une heure plus tard. Je fixe l'écran si intensément que l'icone de l'enveloppe me fait sursauter. Tout va bien. Stop. Barnabé avec moi. Stop. On s'appelle demain. Stop. Il faudra qu'on parle.

Accablée, je ne réponds pas. Et comme une petite fille, j'obéis à ma mère.

La nuit, je dors peu. J'ai le sommeil qui pulse. Je rêve d'une voiture que je conduis à toute vitesse, que je mène près d'une route, le long d'une plage vers une falaise. Le bolide tombe dans le vide, et moi avec.

À l'aube, je me redresse l'estomac noué. Il faut prendre sur moi pour ne pas appeler les flics. Enfiévré, mon corps tremble comme une junkie sans sa ration. C'est la première fois que je dors sans mon enfant, sans son odeur douce, sans sa petite respiration. C'est un geste inexcusable. Ni une ni deux, je déboule chez ma mère. À l'interphone, je parle doucement pour que la matriarche me laisse monter. Mais, à la porte, elle fait entrave. Elle met son pied entre mon fils et moi. Elle m'explique qu'elle a emmené Pina voir un pédiatre.

Elle savait que j'étais contre, elle l'a fait en douce, elle était soucieuse. Ma mère lui a tout raconté, sa fille qui se méfie des médecins, son petit-fils qui ne parle pas, qui tousse, qui maigrit. Ma mère voulait un diagnostic.

Le pédiatre a alors ausculté Barnabé, il l'a regardé sous toutes les coutures. Avec une règle, il a pris des mensurations du bas jusqu'en haut. Il a dévisagé ma mère. Et lui a annoncé, votre petit-fils ne grandit pas.

Le pédiatre a commencé à poser des questions personnelles. Un enfant si chétif, ce n'est pas normal. Il est dénutri. Ma mère a raconté ce qu'elle savait.

Ma fille s'en occupe bien, ses intentions sont bonnes. Elle est toujours avec lui, ils sont collés l'un à l'autre. Il n'est pas malheureux. Mais ma fille le nourrit bizarrement. Des semi-solides. Surtout des écrasés de légumes. Des carottes, de l'avocat. Le bébé mange comme elle, ma fille pense que ça les unit. Elle n'est plus comme avant. Non, pas de viande, elle est végétarienne. Ça lui a pris comme ça. Un coup de tête. Ni lait, ni œufs, ni produits laitiers. Elle dit que c'est mauvais pour lui. Ma fille veut que Barnabé mange sainement pour se fortifier. Le pédiatre écoute. Elle le surnomme Pina parfois. Je n'y comprends rien, elle l'aime mais elle s'y prend mal. Ma fille le regarde bizarrement, parfois il y a de la peur dans son regard. J'essaie d'aider, docteur, mais je n'y arrive plus. Ma fille est contre moi.

Sa voix engorgée, ma mère s'arrête. Elle me regarde avec une expression inconnue.

Pourquoi ? Pourquoi tu fais ça, Clémentine, pourquoi tu n'écoutes personne ? Pourquoi tu infliges ça à Barnabé ? Tu ne sais pas ce que tu fais. Tu ne te rends pas compte. Tu allais bien avant, gamine tu faisais du sport, tu prenais tes antibiotiques, ça soignait tes angines, tu mangeais comme pas deux, tu avais peur de rien, tu faisais confiance aux gens. Tu faisais pas de chichis. Tu étais en vie. Tu aimais tout le monde. Je ne te reconnais plus depuis l'accouchement. Quelque chose a changé. Avec l'enfant, c'est pire. Ça s'est dégradé. Tu dis n'importe quoi, tu deviens grise, toi qui étais radieuse. Ta peau s'est assombrie, ta belle peau de clémentine. Maintenant, tu ressembles à une statue. C'est triste, une statue. Tu as l'air en danger. J'ai voulu comprendre, t'aider, mais tu me rejettes. Tu te renfermes, tu ne racontes même pas tes journées. Tu peux changer comme tu veux, Clémentine. Tu choisis. Moi, j'ai baissé les bras. Mais pas pour Barnabé. Tu ne le mettras pas en danger. Il ne grandit pas, tu réalises ? Le pédiatre m'a regardé droit dans les yeux. Il m'a dit, votre petit-fils ne grandit pas. J'ai failli mourir en entendant ça. Si tu continues de le nourrir ainsi, Barnabé risque le rachitisme. Le pédiatre l'a dit. C'est ce que tu veux ? Tu veux le tuer ? Il faut qu'il mange maintenant. Sinon il pourrait avoir des problèmes au cerveau. Il doit s'équilibrer. Je ne peux plus te le laisser. Il faut que tu t'en ailles et qu'il grandisse.

En claquant la porte, ma mère me laisse sur le paillasson. Mes oreilles sifflent. Mon corps bourdonne. Je n'ai pas la force de cogner sur le plâtre.

En rentrant, mes émotions hésitent. La colère ou la honte. Est-ce que j'ai fait du mal à Barnabé ? Il avait l'air très heureux. Il avait l'air de m'aimer. Quand je reviens à la maison sans mon enfant, c'est tout l'appartement qui paraît rétréci.

Dans la vie comme sur scène, Pina apparaît de noir vêtue. Elle se drape de noir. Elle est une femme en noir et blanc. Ses couleurs, elle les inscrit sur scène, elle les offre aux autres. Pina porte du noir. Que du noir. Des robes noires. Je fais comme elle. J'enlève mes habits de deuil et enfile une mantille.

Mon appartement paraît sérieux, encombré malgré le vide maternel. Les affaires ne me ressemblent pas. Il y a beaucoup trop de tas. Beaucoup d'angles devant moi. Je n'arrive plus à respirer. J'avance droit dans le salon. Mes larmes glissent sur ma figure et coulent jusqu'à mes bras. Je balaie les meubles. Je fais le ménage.

Pina a un port altier. Je lève le menton face au miroir. Je cambre le dos et j'apprends à marcher comme ma reine.

J'imite Pina. J'imite sa danse. Mes bras montent et descendent. Je fais la danseuse dans *Kontakthof*, mes hanches se révèlent. Côté gauche, côté droit. Déhanché, déhanché. Avance vers le devant. Je m'entortille. Mon regard crève l'écran.

Pina est toute pâle, pâlotte, des sourcils épais, broussailleux, une petite bouche comme moi. Elle aussi, c'est une statue. Elle aussi, on l'humilie, on lui impose des normes pour la diminuer. Face au miroir, je tire sur mes lèvres. Regardez-moi. Je montre mes dents. J'embrasse à pleine bouche le public qui me scrute. Je soulève mes lèvres à deux doigts pour que tout le monde voie mes gencives.

Les pieds de Pina sont longs. Elle les tient de son père. Elle s'achète des souliers plats d'homme parce que à l'époque les femmes n'y ont pas droit. Je danse vers l'armoire. J'enfile de longues chaussettes et, pour avoir ses pieds, je laisse le bout dépasser.

Dans mes gestes de danse, mon salon se vide. Les meubles s'entassent sur le côté, je grimpe sur les chaises. Je piétine les coussins et les feuilles se mettent à voler. Je regarde le barda. Ça me fait rire aux éclats. HA, HA, HA. Je me peigne les cheveux avec les doigts. Je suis belle. Belle tout à coup. J'ai le droit de rire comme une hystérique. Oui. Faire la fière, tout dézinguer sur mon passage. Je suis Pina. Je fixe le plafond en cognant le sol. Pam, pam, pam. Trois coups de brigadier. Les mains sur le bassin, j'exécute une danse du ventre. Puis je rampe, je rampe. Je m'avance comme un serpent.

Je ne suis pas folle. Pina ne l'était pas.

En dansant, j'entends la nympho du dessus rentrer chez elle. Depuis le temps qu'elle me cherche, celle-là. Je lui paie une visite en bonne et due forme. Je laisse la porte ouverte et monte les marches, la musique de Pina dans ma tête. Je sonne. La nympho ouvre. Elle me dévisage.

Oui ?

Je ne dis rien.

J'oublie de lui dire ses quatre vérités.

La nympho ne me quitte pas des yeux.

Je peux vous aider ?

Je ne dis toujours rien.

Devant elle, tout à coup, je me mets à danser.

Sur les cartes du monde entier, je cherche les rues baptisées Pina-Bausch. Les places publiques, les boulevards, les carrefours fleuris montés d'une installation bizarre. Les lieux érigés à la gloire de Pina. Je n'en demande pas beaucoup, pas de grands monuments, simplement des petits endroits, même un square, une statue, un joli endroit qui siérait à Pina. C'est toujours les mêmes hommes sur les plaques.

Pour Pina, je dois finir son œuvre, conclure le mouvement. Exécuter le salut. L'abandon sur les bouquets de roses.

Alors c'est décidé, je pars. Je m'en vais seule.

Je laisse les clefs de mon appartement à Sandra. C'est pas un coup de tête, je promets. Des vacances entre collègues ouvriers. Je mens pour rassurer ma copine. J'invente, j'évoque pas Barnabé, je dis pas l'humiliation, les regards torves de ma mère, l'enlèvement de mon fils parce que je suis juste une maman de pacotille. Sandra n'imagine pas que le pire s'est passé. Je ne parle pas du projet fou qui m'attend, de ce que j'ai fomenté dans ma petite tête affolée. Je tends à Sandra une fausse adresse d'un petit hôtel pour donner le change. À l'usine, je démissionne. Je les quitte en deux coups de paroles. J'attends même pas la rupture conventionnelle, le petit chèque qui te fait tenir quelques mois avant de réclamer le fric de Pôle Emploi. Là où je vais, j'en aurai pas besoin. Ouvrière, maintenant que mon enfant est parti, ce n'est plus possible. J'étais à deux doigts du burnout, je me suis barrée sans un au revoir, sauf à Maguy qui m'a fait monter les larmes. Personne savait que c'était la dernière fois qu'ils pouvaient médire. Peut-être que je leur manquerai ; les gens sur qui on s'acharne, on les oublie jamais.

Dans la boutique de Sandra, Gaspard est là aussi, à vérifier les comptes de l'entreprise de sa femme, coude à coude, couple exemplaire. Il fait semblant de ne pas m'écouter, de respecter l'intimité de sa femme. Je le regarde. Je la regarde. J'ai honte de leur dire que je vais déguerpir.

Sandra m'avoue qu'elle est celle qui a appelé la maternité. Je ne lui en veux pas, elle voulait se représenter cette nuit-là. Gaspard n'a pas l'air de savoir. J'ai pas de sang sur les mains mais dans ma tête, c'est tout comme. Sandra me prescrit sa morale alors que j'observe de plus près le tourniquet à la caisse. J'ai pas envie de l'entendre me protéger, les cartes et les enveloppes valsent sous mes yeux. Je les reconnais aussitôt. Les cartes anonymes déposées dans ma boîte aux lettres. Le même modèle, traits identiques, vendues deux euros pièce. Pas très chère, la menace. J'en pioche une l'air de rien, Gaspard me regarde. C'est une copie identique. Sandra ne m'aurait jamais fait ça. Le tourniquet continue son mouvement sous le regard fixe de Gaspard. Ça fait tilt. Les points se connectent. Gaspard et ses petits mots doux écrits dans le dos de sa femme. Ses phrases mal orthographiées. Ses petites cartes qu'il pique à Sandra pour s'accaparer sa meilleure amie. Le tourniquet tourne toujours. J'ai des frissons. J'ai eu la grossesse coupable. La maternité n'a rien arrangé. Mon amant marié me dévisage.

Pourquoi j'ai fait ça à Sandra ?

Bon nombre de ballets de Pina restent introuvables, perdus à jamais dans la mémoire en brume de ceux qui ont assisté au crime. *Il la prend par la main et l'emmène au château, les autres suivent.* Le titre m'emballe et j'invente la suite.

Je me revois petite quand on me trimballait de foyer en foyer jusqu'aux paysans. Pour moi, ils étaient deux beaux géants. J'aimais habiter dans leur ferme et dans la forêt juste derrière. Au fond des bois, c'était chez moi.

Je me cachais dans leurs valises en cuir qu'ils n'emportaient jamais nulle part. Je peignais longuement les cheveux de la fermière. Ses cheveux étaient si longs. Ils touchaient le sol quand elle s'asseyait, ils étaient brillants, argentés comme je n'en ai jamais vu. J'aidais le paysan à nettoyer les cages des lapins, une fois je les ai tous libérés de leurs cages, il a dû les traquer toute la nuit avec une lampe torche. À la place du ballet de danse, je recrée le mien. Pas de château de prince mais une cabane dans les bois, dans un arbre haut comme un immeuble. J'y avais installé un tapis de feuilles, des livres jaunis et cette vieille malle en rotin que m'avait donnée la fermière pour ranger l'intérieur de mon arbre. Je me souviens de tout. La chute ce soir-là quand la casse-cou que j'étais a voulu monter tout en haut pour contempler les champs. La branche qui se brise sous mon poids, la descente brutale à travers le feuillage griffant, les branches écorchant la peau, mon corps qui s'encastre durement contre les cailloux, les deux dents de devant enfoncées dans la gencive. Des semaines à boire à la paille, le menton enflé. La dégaine boursouflée qui amusait mes fermiers.

Dans mon histoire, c'est la princesse qui piétine dans les mares. Elle saigne et elle laisse sécher. Elle la joue guerrière, pas peur. Cap, cap, cap. La princesse veut vaincre le prince au jeu des ricochets. Pina aimerait ça. Une princesse sans compromis, rude et libre, qui se pète les dents sur le devant de la scène.

À l'appartement, je prépare un sac en toile pour mes affaires. Le minimum. Une photo de Barnabé, quelques habits, une brosse, pas de mascara. Je laisse les meubles en désordre, les tiroirs ouverts, les coussins au sol, dans le foutoir de ma danse.

Je pars. Je n'ai pas besoin de faire le vide, le plein s'est empilé en moi. Je lève le camp pour Wuppertal. Sans attaches. Prête à visiter le monde de Pina.

Le voyage vers l'Allemagne dure une éternité. Personne pour me distraire, pas même un contrôleur pervers avec qui j'aurais pu avoir la cote. Sept heures de train nez à nez avec mon reflet abattu contre la vitre. C'est une nouvelle image que j'apprends à aimer. Avant de quitter l'appartement, je me suis regardée dans le miroir, je n'ai vu qu'une étrangère, une femme isolée qui a abandonné son bébé. Alors j'ai pris mes cheveux dans une main en serrant le poing. J'ai tout coupé aux ciseaux de cuisine.

Mes cheveux riquiqui et moi arrivons au matin. La gare vient d'ouvrir, les stands remontent leurs rideaux de fer. J'attrape un cookie aux noix de pécan et le plan de la ville au guichet, refusant au passage les prospectus des musées. Ici je serai pas une touriste. Dehors, il fait gris, presque poussiéreux, comme sur les images de mes livres. Peu importe, c'est son territoire. Je ne sais pas encore où je vais. Pina me guidera. Je marche au hasard. Quelques pas suffisent pour tomber sur le métro suspendu qui traverse Wuppertal. Des rails menaçants au-dessus de nos têtes, un grincement quand le métro file joyeusement dans les airs.

Au chauffeur du taxi que j'attrape derrière la gare, je n'ai pas d'adresse précise à donner. Je veux d'abord aller là-bas. Je répète Lichtburg, le nom du vieux cinéma où la troupe répète. J'essaie de prononcer en phonétique, j'insiste sur le *burg* comme dans hamburger. Mais en souriant, il m'interrompt en anglais, ah bien sûr, vous allez chez Pina !

Il me conduit à Barmen, ce quartier populaire dans le nord-ouest que le chauffeur me désigne sur la carte. À la place du Vieux-Marché, je descends d'un air intimidé. Le chauffeur me fait des signes par la vitre. Là, juste là, vous y êtes, la rotonde derrière vous, c'est la maison de Pina. Je me retourne face à la vieille bâtisse blanche contiguë à des bureaux vitrés. Je reconnais ce lieu sans jamais l'avoir vu. C'est la fabrique de Pina. Son asile, son antichambre. Un repaire sans histoire coincé entre un McDonald's et un peep show des années soixante-dix. Ici, dis donc, on s'ennuie pas.

Je contourne le bâtiment vers l'entrée des artistes. Je n'ose pas cogner, qu'est-ce que je dirai si on me laisse entrer ? Ma main pousse la porte. Elle s'en fout, elle. Personne n'est là en ce dimanche. Je pousse quelques hello d'une voix de vacancière perdue. Un Pakistanais descend les escaliers, un seau à la main. L'homme de ménage me regarde, rétorque en allemand. Je lui souris, gênée, coquette, comme pour dire, je voudrais simplement visiter les lieux, jeter un coup d'œil, pas longtemps, je ferai vite, juste voir, regarder un peu, sentir l'odeur, promis, je ferai pas de photos, je me tiendrai bien, je regarde juste et je pars, d'accord ? L'homme comprend vaguement et puisqu'il n'y a personne, il m'ouvre, l'index sur la bouche, ce sera notre secret.

La salle de répétition est immense. Je l'imaginais toute petite avec une table en bois où trônait la belle. Il y a des cintres, des rails de penderie, des habits, ceux que je feuilletais du doigt dans les albums, les robes de soirée, les tissus anciens, les crêpes marocains et la peau d'ange. Une régie imposante aussi, des moniteurs et des projecteurs, des fils emmêlés qui rampent jusqu'à l'estrade et se mélangent aux écharpes en laine et aux collants qui traînent. Il y a une baignoire sur scène. Des gélatines de toutes les couleurs, vert, jaune, bleu, des photographies de répétitions et des feuilles de consignes placardées aux murs. C'est ici que Pina a tout fait. Avec ses mains, ses yeux, son corps. Je l'entends dire, par ici mes danseurs, on y va, on se dépêche, allez mes petits danseurs.

En partant, je fais une petite révérence au Pakistanais pour le remercier. Il n'a sûrement pas idée du bonheur qu'il vient de me procurer.

Dans la rue, l'odeur du McDonald's m'attrape le ventre. Un appel mystique. J'y vais sans réfléchir, passe la double porte et cède à la tentation comme Pina quand elle partait en douce s'acheter un hamburger entre deux tableaux.

Sous la vieille affiche rouge et jaune, j'oublie mes principes de pois chiches, je retrouve le goût des additifs. J'y vais à pleines dents. Le cheeseburger dégoulinant des deux mains, les gencives dans la sauce mayo, le bout des lèvres englué par le bacon poêlé. En sortant, l'estomac repu, je demande une cigarette à deux jeunes hommes en vélo. L'un freine et me tend son paquet et un petit briquet jaune. Je prends la cigarette entre les doigts, humecte le filtre du bout des lèvres. J'allume la cigarette en inspirant profondément. La nicotine m'envahit, je me sens mieux.

Ma rencontre avec Pina, il fallait fêter ça.

À vingt ans, une jeune femme est assise dans un café, les yeux dans le marc. Elle finit par m'accoster. Elle s'appelle Sandra. Je la cerne très vite. Elle est déboussolée. Elle vient de perdre une amie chère. Une maladie terrible. Sandra se sent coupable, elle n'était pas assez là, elle a échoué. En contrepartie, elle m'offre son amitié. Elle veut montrer qu'elle est une amie fiable. J'en profite. J'accepte tout. J'en profite tellement que je la laisse croire qu'elle pourra m'apprivoiser.

Quand je rencontre Gaspard cinq ans plus tard, je reste sur mes gardes. Sandra et lui forment un couple assorti. Elle est aux anges, ma copine sourit tout le temps comme une comédienne de spot de dentifrice. Je vois très peu Gaspard, je le croise à peine. Je le salue entre deux portes, il est poli avec moi, affable, bien éduqué, il est souvent occupé au bureau ou en déplacement. Il nous rejoint quelquefois le soir, Sandra et moi, pour dîner, en coup de vent seulement, il est distrait la plupart du temps, n'écoute pas quand Sandra parle du début de sa grossesse ou du lit à bascule qu'elle voudrait acheter pour éviter le mal de dos. Lui et moi ne restons jamais seuls, il est un homme très pris, il est un mari. Mais il me regarde depuis le début.

Gaspard commence à m'écrire des messages, le premier après une soirée bien arrosée tous les trois. Il me laisse des mots sous les essuie-glaces, des phrases écrites au crayon à papier qu'il ne signe jamais parce que c'est un peureux, Gaspard. Mais l'intention me plaît, j'entoure les fautes d'orthographe grosses comme des boîtes. Gaspard voudrait me connaître. Il y va à pas feutrés. C'est un romantique, un rusé. Je lui refuse toute percée mais Gaspard s'entête. Il va de plus en plus loin, il me prend à partie dans la salle de bains, moi coincée dans ma jupe étroite, prise au collet. Il me colle sa grosse main sur le genou, des effleurements furtifs sous la table pendant que Sandra apporte le dessert. Gaspard est insistant, il continue ses petits mots. Comment j'ai pu les oublier ? Il aime m'écrire, sa passion pour la belle image. Gaspard me débusque dans les couloirs, j'ai peur que Sandra nous surprenne alors j'écourte mes visites. Je ne suis pas ce genre de jeune femme.

Puis rien. Gaspard a compris. Il retrouve une bonne conduite pendant plusieurs années. Leur deuxième enfant naît. Gaspard devient courtois, distant. Un bon père qui s'occupe des biberons et du lavage des bodies. Il m'embrasse sur la joue sans arrière-pensée, il est indifférent. Ses propos sont polis et désintéressés, il fait mine de s'entretenir avec moi, la meilleure amie. D'ailleurs, celle-ci vient de tomber enceinte, elle n'en parle pas encore. Personne ne sait. La meilleure amie est un peu chamboulée.

Elle ne sait plus rire ou pleurer. Elle a honte, le père routier s'est déjà tiré, elle est seule pour affronter ça.

Sur un coup de tête, elle embrasse violemment Gaspard avant de claquer la porte. Gaspard lui tendait son manteau, ses lèvres bien faites se trouvaient là. Décidément, cette amie n'a plus les idées en place. Elle n'y tient pas particulièrement à ce baiser. Elle y va franchement même si elle sait que c'est pour tout bousiller. Lui ne résiste pas, il faut dire qu'elle donne beaucoup d'elle. Elle se jette dans ses bras en repensant à la fin de sa relation avec Bruno. Elle ignore où elle va, avec son ventre qui enfle et sa vie qui fume, incapable de réfléchir, de respirer, elle l'embrasse, juste pour voir.

Pina a été comédienne une fois. Elle a hésité longuement avant de jouer face caméra. Pas le genre de la dame. Federico Fellini préparait son nouveau film *Et vogue le navire*. L'histoire d'une croisière à l'occasion des funérailles d'une cantatrice.

Fellini avait vu plusieurs ballets de Pina. Il se sentait protégée par elle. Il a demandé à lui parler après la représentation de *Viktor*. Pina a accepté, c'était pas n'importe quel type. Il lui a dit qu'il avait senti les bras de Pina l'envelopper pendant le spectacle. Ils ont discuté longuement ce soir-là. Pina oubliait qu'elle était une timide maladive, elle parlait sans s'interrompre. Fellini l'encourageait beaucoup, il fallait continuer, travailler, danser parce que ne rien faire c'était souffrir. Fellini préparait son casting pour ce nouveau film, Pina comprenait où il voulait en venir, elle pensait lui proposer les noms de Jo, Mechthild, Ruth, ses belles danseuses qui feraient bien le job. Mais lui ne voulait qu'elle. Pina était sidérée. Elle ne savait pas dire oui. Elle était humble, elle baissait encore sa figure. Elle a dit, je vais réfléchir. Sa troupe l'a poussée, il faut le faire, c'est une chance en or, vas-y, Pina, lance-toi. C'était un rôle de cantatrice aveugle drapée dans une robe sombre. Pina saurait faire.

Pina l'a fait. Et c'était sublime.

Plus tard après le tournage, Fellini a offert les tout premiers dessins du film à Pina. Il aimait dessiner, Fellini. Croquer ses personnages avant d'allumer la caméra, des images qu'il avait au fond du crâne. Le dessin de la cantatrice, c'était Pina, trait pour trait. Il l'avait dessinée dès le début avant de la rencontrer. Il l'avait cernée, il l'avait saisie, il l'avait fait naître.

Je ne suis pas la seule à qui c'est arrivé.

Il faudra penser à m'acheter des pulls. L'automne est rude en Allemagne. C'est la faute des forêts.

Sur les traces de Pina, j'ignore comment m'organiser. Faire des listes, hasarder ? Je choisis l'errance par précaution. J'entre dans les boutiques de mercerie qui parsèment le centre-ville de Wuppertal, je flâne parmi les rubans et la passementerie, la tête dans les bocaux d'épingles, les doigts dans les verres à perles. Je demande aux employés si quelqu'un connaissait Pina. J'interroge sur ses habitudes, je m'exprime dans un anglais de lycée, bulletin passable. On me répond, bien sûr, tout le monde la connaissait, elle était la star, mais personne ne la côtoyait. C'était une femme seule, quelqu'un de très occupé. On pouvait la saluer au loin, mais elle se promenait seule comme une chimère.

Certains me donnent quelques informations, on me cite ces bistrots dans lesquels Pina aimait traîner avant de rentrer chez elle. Les cafés, son souvenir d'enfance. Pour le reste, on l'aimait sans la connaître.

Je me rends au troquet près de la clinique de la ville, un endroit tamisé et cerclé de vitraux sales. Pina venait là chaque matin, m'assure l'aubergiste. Elle venait tôt, à la même heure, elle souriait timidement après avoir commandé un morceau de fromage et un petit pain aux graines de pavot. Le fromage sur la moitié du pavot s'il vous plaît, Pina rectifiait. Elle mangeait sa ration copieuse avant de fumer sa cigarette. Elle était ici, Pina ? Juste là, oui. Au fond. Sur cette table près de la colonne rostrale. Je m'y assois, moi la responsable de sa disparition. J'en ai le sang qui tourne. Elle aimait s'asseoir ici sur le côté, près de la réserve. La salle est si profonde qu'on ne l'apercevait pas. On remarquait de temps en temps le bout incandescent de sa cigarette, une petite braise rouge qui révélait furtivement son visage. Pina était toujours seule dans ce bistrot. Elle mangeait seule. Elle lisait ses notes parfois, la plupart du temps elle était là, immobile, perdue dans ses pensées. Personne ne s'approchait vraiment, on n'osait pas lui demander à quoi tu penses, Pina, dis-nous, en ce moment, raconte, tu penses à quoi ?

À six ans, je passe l'été dans l'estaminet maternel avant la rentrée au CP. Je partage la vie de ma mère depuis six mois. C'est un début compliqué. Je ne lui fais pas confiance.

Comme je suis trop petite pour rester seule à l'étage, ma mère m'emmène en bas en me disant occupe-toi avec tes jouets. Mais je n'aime ni mes jouets ni l'endroit. Encore moins le carrelage froid, les chaises qui grincent, les jets de bière de la tireuse.

Sous les tables, je voudrais gratter le sol jusqu'à creuser un trou et repartir à la ferme. Les paysans me manquent. Je n'ai pas le droit de le dire parce que ma mère est une femme qui se vexe. Cachée par les nappes, je dessine les visages de mes fermiers sur des feuilles de dessin, je peins les pulls à carreaux du paysan, sa moustache, ses sourires de grand dadais. Les tuniques de la fermière, ses cheveux longs qui formaient des flaques grises. Je dessine les clapiers des lapins et mes vieux jouets en bois, mon bilboquet rouge, mon cheval-d'arçons, mes voitures en tôle cuivrée avec lesquelles je faisais la course contre le paysan. Quand ma mère voit les feuilles sous la table, elle les déchire et emporte les morceaux avec elle. Elle me prévient qu'elle est ma mère, que maintenant, j'ai pas le choix.

À mon arrivée, Paris m'attire, je me rêve en chanteuse de cabaret ou danseuse étoilée. Pour ne plus m'avoir dans ses pattes, ma mère accepte de m'inscrire dans une école de danse, avec des petites filles très sages et quelques jolis garçons à grain de beauté. J'y vais un soir sur deux et les samedis matin. Pas même la case bol de céréales et dessin animé, ma mère paie l'institut pour l'année.

Je découvre l'enfer sur terre. Le cauchemar des barres de maintien, du piano en boucle et des tenues fades. La déconvenue. Pour sûr, je ne deviendrai ni étoile ni même filament. En plus, Célia me déteste. La blonde mène le groupe avec sa voix de crécelle, elle montre qu'elle fait les sissonnes comme personne et snobe la galerie parce qu'elle est la seule qui porte un tutu noir alors que franchement elle est pas si jolie et qu'elle aura un grand nez plus tard. Je voudrais déserter les lieux. Je n'aime pas danser, faire la causette à toutes ces filles qui s'étirent et se prennent pour des chats.

Mais ma mère me force à y aller. Parfois je me planque dans les armoires de ma chambre. Ma mère m'attrape par le mollet et m'assène, tu m'aimes vraiment pas, Clémentine. J'y retourne, les pieds sur le parquet flottant. Jeté, demi-pointe, temps levé, volé, volé, tadam. Mon corps tombe, il vole pas, il a les pieds sur terre. Je me dresse au lieu de me tendre, raide, trop molle, mon pied doit être en serpette alors qu'il flageole. Mes jambes en compas, pas assez en dehors. Mes épaules et mes hanches ne forment pas un rectangle. Je reste lourde et à côté.

La prof d'origine japonaise souligne mon manque de souplesse, elle force sur mes articulations avec son poids. Elle en parle à ma mère quand elle vient me récupérer. Dans le métro du retour, ma mère s'en désole, Clémentine, mets-y du tien, reste droite, regarde les autres, c'est pas sorcier. Toute l'année, la prof me sermonne d'une voix douce. Elle nous apprend le canard, jambe tendue, jambe pliée, promenade. Mais je tombe encore. Des croche-pattes à moi-même.

Au spectacle de fin d'année, ma mère embijoutée m'habille comme la protégée d'un empire. Elle est très fière. Ma mère me complimente pour la première fois, tu es si jolie quand tu te laisses faire. Tu as une lumière exquise, ta peau, ta belle peau de clémentine. Ma mère et les autres parents nous découvrent dans une petite salle feutrée sur une scène opaque, je suis placée derrière les meilleures élèves, toutes affublées d'un costume de fleur. Je suis géranium, c'est vilain comme tout mais je ne me plains pas, j'aurais pu être pissenlit. J'exécute les mouvements au son de la musique. Coupé, pas de cheval, retiré, raccourci. Je fais comme je peux, je donne mon maximum, je suis le rythme des filles devant moi et, pour exécuter la ronde finale, mes bras forment la couronne.

Face aux fleurs en révérence, les parents se lèvent, émus. Ma mère applaudit à peine. J'aurais fait la même chose à sa place. Sans que je lui demande, ma mère prend l'initiative de ne pas renouveler l'adhésion pour l'année suivante.

La dernière semaine à l'école, les professeurs ont réuni leurs classes pour nous montrer des spectacles de danse dans la grande salle, je suis assise à côté d'une huit ans. Je voudrais qu'elle soit ma copine mais j'ai du mal à l'accoster. Ma prof nous montre un spectacle de kabuki, avec des palais et des hommes maquillés sévèrement qui ressemblent à des pieuvres. C'est saccadé, précis, ennuyeux à mourir. L'autre professeur nous fait découvrir un spectacle de danse contemporaine. Des hommes et des femmes qui courent dans une salle de café remplie de chaises. C'est silencieux. Je regarde la danseuse du milieu. Avec sa longue robe et sa tête triste. Elle ne danse pas comme tout le monde. Ses gestes ressemblent à nos gestes, on dirait de l'énergie, de la sueur, des moments colériques. Ses cheveux interminables me font penser à la fermière, intenses et gris comme les siens. Je la contemple, mélancolique. Je la scrute sur l'écran, je la fixe, je suis chacun de ses pas, trop forts, trop vrais chez elle. L'extrait dure vingt minutes. Je me sens éveillée. Elle me regarde aussi, la femme sur l'écran. Elle danse vers moi, elle me dit des choses comme personne et je tombe amoureuse. Mais j'arrête de danser. Fini l'institut et les exercices à la barre. Avec les mois et les années, j'oublie la femme aux cheveux gris. Je ne danse plus. J'efface complètement son visage.

À la place, je donne une chance à ma mère.

Il y a une atmosphère dans les rues de Wuppertal. Pina y erre comme un ancêtre. Un esprit de famille. Je me renseigne auprès de l'Office du tourisme. On m'apprend que Pina est encore là, ici, sur ses terres, enterrée au cimetière.

Plusieurs jours, à marcher. Des ampoules sous la plante, prêtes à éclater sur les dalles, je fais la danseuse qui souffre. Le Parc aux sculptures, la basilique Saint-Laurent, j'arpente la ville en esquivant la rencontre sur la tombe de Pina. J'ai peur de la voir. Au lieu de ça, je rampe dans la ville. À sa fenêtre, une vieille Allemande accroche des sacs en plastique sur un fil à linge. Elle me voit la regarder faire. Ses pinces à linge une à une déposées. Elle me paraît presque pas cinglée. Peut-être qu'elle et moi pourrions copiner.

L'heure défile. Il est tard. Par la vitre, on me fait non de la tête quand je veux m'abriter à l'intérieur d'une brasserie. Je finis encore au McDonald's près de l'antre de Pina. Je me goinfre et je continue de fumer comme un pompier. Un autre jour, à la terrasse d'un café de touristes, ma mère m'écrit un texto. Elle m'écrit pour la première fois depuis notre conversation sur son palier, elle m'annonce une bonne nouvelle. Barnabé vient enfin de parler, dire son premier mot. Je commande un verre de champagne, je n'ai pas été si nulle que ça. Il n'a pas prononcé « maman », il n'a pas voulu me faire l'honneur. Il n'a pas dit non plus le prénom de « Pina », elle qui l'a bercé, qui l'a amusé, qui l'a apaisé quand tout allait mal. Pas un sentimental, Barnabé. Son mot à lui n'est pas si loin que ça. Barnabé a prononcé le mot « tombé ».

Stop. Viens nous voir. Stop. Le morse de ma mère me laisse de marbre. Elle veut que je vienne. Ma mère voudrait une trêve. Elle me demande de passer comme une petite faveur, sans savoir que sa fille dans l'immeuble voisin, seule et punie, n'est plus là.

Sur la place de l'hôtel de ville, les Allemands transitent pour rejoindre les quartiers sud. Je sirote en imaginant Barnabé ouvrant la bouche, une voix fluette qui lui ressemble. Au serveur, je demande s'il connaît la rue où Pina habitait petite, dans cette bourgade pas loin d'ici. Un type derrière moi me répond à sa place. Il connaît un peu, il peut m'y emmener, à Solingen, c'est à côté, vous êtes française ? Moi et mon accent, il nous signale à des kilomètres. Le type s'avance vers moi prêt à draguer, d'emblée je dis non, je fais barrage. Je suis pressée, désolée. Il évoque mon accent, il sourit toujours, ses yeux vert clair qui me dévisagent, ça fait bouger mon ventre. Il me dit quelques mots dans ma langue, le type gagne du temps. J'aimerais partir maintenant. Il se présente. Il s'appelle Ben. Et vous alors ? Clémentine, c'est joli. C'est un fruit aussi, non ? Je dois vraiment partir. On en mange à Noël, c'est un fruit doux, la clémentine. Vous l'êtes aussi ? J'attrape mon sac et repousse ma chaise brusquement. Attendez, Clémentine, j'aimerais vous revoir. Je ne réfléchis même pas quand je lui cède le nom de mon hôtel.

Dans le taxi, je donne l'adresse du cimetière de la Krummacher Strasse, là où repose Pina. C'est le moment parfait, je pars rencontrer notre bienfaitrice, pour Barnabé et moi. Le chauffeur prend la deux-voies et accélère. Au loin, des hangars, des sigles, des noms imprononçables, des arbres sombres le long de la 46. C'est un cimetière évangélique, je ne sais pas trop ce que ça peut vouloir dire. J'ai pas fait option catéchisme, moi j'ai eu l'option bistrot.

À la grille, une statue d'ange ailé sert de bienvenue. Je suis nerveuse, et si jamais je ne plaisais pas à Pina ? L'endroit ressemble à un hameau. Des bancs en bois sous les arbres, le long des murets et des ancolies. Le cimetière est petit, ceint de pierres tombales bien rangées, propres, passées au kärcher. Des femmes à genoux nettoient les plaques et retirent les fleurs fanées. Il n'y a jamais d'hommes pour le faire. Je la cherche parmi les allées, Pina Bausch, 1940-2009. J'ai le cœur qui cogne mais Pina n'est pas là. Derrière la chapelle, un panneau en bois m'indique le chemin. Il faut suivre la piste. Pina se cache. Sa tombe est située dans la forêt. Elle se mérite. Tout devient sombre. Je passe par des petits chemins sinueux, la terre colle à mes semelles, j'explore, j'écrase les feuilles mortes à la découverte de Pina. L'odeur m'est familière. L'odeur humide des talus et des champignons, l'odeur du fond des bois. Je repense à la forêt de mes cinq ans. J'avance, courbée sous les sapins. Une petite pente en terre, c'est par là, suivez-moi.

Près d'un petit étang, j'y suis enfin. Un petit terrain cabossé sous les arbres, dissimulé au loin. Sa tombe est ici. Une tombe recouverte de fleurs sauvages, des roses et des *Nelken* qu'on a plantés pour Pina. La beauté du paysage m'apaise. Pina est là, à mes pieds, Pina est endormie dans sa terre. Elle est tranquille dans la tourbe du *Sacre*, dans les feuilles mortes de *Barbe-Bleue*, parmi les arbres de tous ses spectacles. Son prénom est écrit à la main sur une grosse pierre recouverte de racines et de lierre. Gravé dans la roche dure, un adage latin.

Media vita in morte sumus

J'ai traduit plus tard.

Au milieu de la vie, nous sommes dans la mort

Pina est là avec moi. Elle a arrêté de danser un peu. Elle a ralenti ses gestes pour reprendre du souffle. Elle est sereine et moi aussi. Pina se repose. Tranquille. Il commence à pleuvoir tout autour. Une pluie fine qui se transforme peu à peu en cordes. Mais je reste là. La pluie ne me fait pas déguerpir. Petite, j'avais l'habitude d'affronter le crachin, de m'abriter sous les arbres, avec la mousse jusqu'à la nuit noire. Je m'assois près de Pina, je lui parle, je murmure des choses qui ne regardent qu'elle et moi. Malgré la pluie qui m'inonde, je suis à l'abri, je ne prendrai pas froid, je vais construire ma cabane, j'irai vite, cueillerai des branchages et des longues tiges, des feuilles lancéolées et des écorces solides. Je me débrouillerai. Je ne blesserai plus jamais personne. Je ne ferai plus jamais de mal. Je vivrai avec Pina. Elle et moi. C'est la forêt idéale.

Je suis froide comme du froid. Blanche comme un visage, fine comme un éclat. J'ai fait quelque chose de terrible. Plusieurs fois de suite, c'était mal mais je ne me sens plus coupable. J'ai avalé la culpabilité comme un gros sentiment. Cela restera à l'intérieur maintenant. Que vais-je faire de ma peau après ça ? Je suis cette mère sans enfant assise sur les toilettes d'un hôtel, du papier dans la main, j'essuie, je passe par-derrière, c'est un geste que je connais par cœur, aller au fond et nettoyer sous les cuisses après l'urine. C'est un geste facile. Un geste que j'aime. Parce que je ne sais m'occuper que de moi-même.

Quand Jo, la danseuse, s'assoit dans *Walzer*, elle pique une crise. Elle gueule : quand tu t'assois, tes jambes sont grosses, flapies et révoltantes. Non, je n'ai pas besoin de votre aide, je n'ai besoin de l'aide de personne. Je mets un soutien-gorge sinon ma poitrine pendouille. J'ai cinq doigts, un, deux, trois, quatre, cinq. Un poignet, un avant-bras, deux épaules, une, deux. Et j'ai de longs cheveux, je peux faire plein de choses avec, les relever et jouer à la dame. Si je veux, je peux les mettre sur ma figure et m'y cacher.

Dans son maillot de bain couleur Klein, la danseuse piétine la scène.

J'ai deux yeux verts, un nez pour sentir, mes yeux pour vous voir, un menton, une bouche et des dents pour mordre, manger, embrasser, assassiner, comme vous le voudrez.

Pourquoi ce ne sont que les femmes qui sont taxées d'hystériques ? Il est vrai que j'ai commis beaucoup d'erreurs. J'étais enceinte, un corps m'occupait, je n'étais pas moi, pas moi vraiment, pas moi seule. J'ai trahi Sandra. J'ai fait du mal aux gens et je vis avec, comme une danse.

La danse, ça concerne tout le monde. Cela se ressent. Cela bondit. C'est l'humanité à vif. Cela apparaît à l'intérieur, ça brise le corps, ça le pousse, ça le tord jusqu'au malheur. La danse progresse, ça forme des images belles puis ça saigne, ça va jusqu'à la mort. Pina disait, mes pièces, ce sont des chapelets. Elles sont des arcs et des cercles. C'est du travail et du ventre.

Pina a raison.

Danser, c'est savoir marcher. Déambuler. Rire. Respirer. Donner le sein. Abandonner. Vivre en paix. Travailler. Abandonner encore. Et partir loin. Tout peut être de la danse.

Même tuer.

Ben est revenu, il s'est pointé à l'accueil de l'hôtel. Sans chercher à connaître le numéro de ma chambre, il s'est armé de patience en guettant ma venue dans le lobby. J'aurais pu rester au lit toute l'après-midi et faire la feignante, Ben a pris le risque de m'attendre. Quand je le vois, je m'en veux du sourire qui burine mes joues. Sur scène, Pina l'aurait interprété par un soulèvement furtif d'épaules.

Ben m'explique qu'il a été l'amant d'une des danseuses de Pina. Raphaëlle, une Française comme moi. Ben savait ce qu'était la vie avec une danseuse, ce que ça impliquait, surtout ce que ça excluait. Elle était sublime, Raphaëlle, une beauté, avec des lèvres pas permises et des yeux de petite fille. Manifestement ils se sont quittés. Il ne faut pas rester avec une danseuse. Ben a eu raison, c'est très mauvais.

Ben me donne des informations précises sur Pina. Sa ponctualité maladive et son amour du goulasch. Moi aussi, je la connais Pina. Tu n'es pas le seul, Ben. On est intimes toutes les deux. Pina est une confidente idéale. Je connais ses secrets, je la comprends mieux que personne, tu sais, c'est moi qui l'ai renversée. Ben me regarde, il n'est pas certain d'avoir compris mon français. Je ne répète pas, parce que au fond de moi je ne sais plus exactement si c'est vrai.

Ben me raconte que Pina fumait trop. Les gens s'inquiétaient parce qu'elle maigrissait à vue d'œil, comme si son corps rendait l'âme sur scène. Les mois avant sa disparition, Pina était au bout du rouleau. Elle avait des périodes comme ça, son corps lâchait, éreinté, mais à la fin, c'était pire. Elle était malade. On l'apercevait dans les coulisses, elle était une ombre, elle n'apparaissait plus sur scène à la tombée de rideau, ses danseurs savaient qu'elle était trop faible pour soutenir les applaudissements. Pourtant, elle ne manquait aucune répétition, comme d'habitude, la clope au bec dès neuf heures. Ses amis n'osaient pas trop l'affronter, ils lui demandaient doucement, tu es sûre que ça va, Pina ? Une fois, au vestiaire, Pina avait avoué, ce n'est pas une très bonne période pour moi.

Ben a toujours été distant avec la troupe. Pina l'intimidait beaucoup, il se retrouvait là face à elle comme un gosse. Il aurait pu la saluer, discuter, venir assister à une répétition mais il s'en est toujours gardé. On ne s'approche pas d'un génie comme ça. Raphaëlle lui racontait des moments passés avec elle, surtout les bons, quand Pina s'amusait. On la voyait comme cette femme noble et brusque, cette dame qui ne se maquillait jamais, mais elle avait aussi de l'humour. Pina adorait la bière également, c'était une bonne Allemande. La bière bien levée pour faire glisser le goulasch tout au fond. Quand elle et ses danseurs sortaient après un spectacle, Pina se lâchait.

Une fois, en représentation à New York, Pina était d'une humeur fanfaronne. Elle était heureuse de retrouver la ville grandiose de ses débuts. Pina avait commandé des tournées à n'en plus finir et avait clôturé la soirée par une danse ridicule sur les tables. Je l'imagine faire, ma Pina.

Les soirs de répétition, la chorégraphe sortait jusque tard, elle épuisait tout le monde, elle les laissait partir à la nuit noire alors qu'elle continuait à travailler seule, encore un peu. Elle s'acharnait, elle effaçait, réécrivait des passages sur ses carnets. Pina n'était pas si entourée qu'on le pensait. Un soir, elle s'était retrouvée dans la rue avec son amie Mechthild, tout était fermé depuis des heures. Elles étaient crevées, la peau blême, elles avaient fini toutes les deux dans un bar miteux. Trois types au comptoir les reluquaient, de drôles de types, des ploucs à l'œil figé affublés d'une grosse chaîne en or. Ils les avaient accostées, vous avez l'air de féministes, vous deux. Dans son marcel d'homme, Pina avait répondu, impassible, bien sûr qu'on l'est, elle c'est la présidente de l'association des féministes et moi, je suis la comptable. Alors, y a rien à dessouder ici ?

Pina l'a noté tout de suite, ce moment. Et ça s'est retrouvé dans le spectacle suivant.

Ben est gentil mais il me colle. Il ne comprend pas que je ne suis pas venue ici pour ça. Heureusement, il s'improvise guide. Lui et moi prenons le Schwebebahn, Ben me raconte l'histoire de ce monorail orangé qui, dans les années 1950, a accueilli parmi ses passagers une jeune éléphante d'un cirque venu dans la ville. L'animal avait paniqué, avait défoncé la paroi de la cabine et s'était jeté dans le vide. L'éléphant avait survécu avant de devenir le symbole de la ville.

Ben est psychologue, ma veine. J'essaie comme je peux de dissimuler mes tares, je contrôle mes flux, mon combustible. Ben pratique la thérapie et l'hypnose, il s'est formé sur le sujet il y a dix ans après un salon à Francfort. Ben croit au pouvoir des soins alternatifs. Il comprend vite que quelque chose ne va pas rond chez moi. Il me dit qu'il est là si je veux. Mais je réponds plutôt, emmène-moi à Solingen voir le café de Pina.

Ben connaît bien la France grâce à Raphaëlle, son français est juste, prudent, choisi, comme tout bon Allemand méthodique. Ils sont restés quelques années ensemble, il la suivait parfois quand la troupe de Pina s'en allait en tournée, dans les capitales européennes ou en résidence dans des trous paumés avec vue sur clocher. Mais il ne l'a jamais approchée, elle, la reine du clan. Ben me raconte la vie rude entre eux, l'entraide et la jalousie, Pina, toujours présente, au sein de la tribu à dicter l'échec et la grâce, la déperdition et la petite misère de l'âme. Elle avait l'allure d'un gourou scrutant son peuple. Ils voulaient tous être le plus aimé, certains plus que d'autres, ils la regardaient intensément, comme si elle était une lampe. Les danseurs voulaient plaire à maman, au cacique, au chef du clan. Alors leurs corps répétaient, s'acharnaient, trente-six roues à la suite, gestes violents, un deux trois, placage, prise, soulèvement. À la fin, ils se laissaient tomber au sol, épuisés, privés de souffle. Quand l'un des danseurs ratait, Pina ne répliquait pas. Silence de mort.

Ben me demande si je vais rester vivre ici. Je ne me vois pas partir. Il me pose des questions quelquefois sur ma famille en France, sans insister. Il s'interroge sur ma vie et ça me rend triste. Ben me conduit à Solingen parce qu'il sait que quand on parle de Pina, ça me met en joie. La petite rue de la chorégraphe, le bistrot, son Café Müller. Ben fait ça pour moi. De Wuppertal, c'est la porte à côté. Solingen, située plus au sud, plus calme, plus bourgade de petites gens. Pina a grandi là avant de donner une étoile à sa ville. Elle vivait avec ses deux parents. J'ai l'impression qu'ils l'aimaient beaucoup.

Pina, on l'a cherchée au zoo. On l'a choisie parmi les singes. Son père disait ça. Lui était discret, taciturne, un peu comme elle, un ancien routier qui causait peu. J'ai connu ce genre d'homme aussi. Son père était un géant, deux mètres de long, des jambes puissantes. Il s'appelait August. Il chaussait du 49, il a transmis à Pina ses grands pieds et sa passion pour les souliers masculins. Sa mère s'appelait Anita. Elle était chaleureuse et minuscule, toujours tapie quelque part, à préparer les commandes. Elle aimait rester pieds nus, même pour marcher dans la neige et toucher la glace avec ses orteils. Pina l'a imitée souvent dans ses ballets. Son frère et sa sœur étaient bien plus vieux mais la ressemblance était là. Une décennie de plus, une génération, une autre façon de faire malgré l'air de famille. Pina a grandi seule dans ce café, une fausse enfant unique. Ses parents lui laissaient faire ce qu'elle voulait. Elle avait ce privilège. Elle pouvait gigoter partout et piailler. Pourtant, c'était pas une famille d'artistes. Ils n'y connaissaient rien, ils n'étaient pas sensibles à tout ça. Plus tard, ses parents n'allaient jamais assister à ses ballets. Ils n'en ont pas vu un seul. Ils étaient déjà absents aux cérémonies où, petite, elle recevait des prix et une bourse pour la Juilliard. Pina était habituée, ça ne changeait plus grand-chose.

Si Pina avait eu ma mère adoptive, elle n'aurait pas gesticulé face à un public. Elle n'aurait pas mis de robe. Elle aurait fini à l'usine.

L'auberge familiale donne sur une route, un carrefour à feux où je me gare avec Ben. Deux étages, un toit en ardoises, une cheminée solide en briques. Trois marches en pierre sous la devanture, *Gastwirtschaft zur Erholung,* Au repos du voyageur. August avait fini par plaquer son boulot de routier fatigué pour reprendre le bistrot avec sa femme. Aujourd'hui, le restaurant n'existe plus, les parents de Pina l'ont vendu pour une retraite pénarde, à 200 kilomètres d'ici, à Hintertaunus. Pina leur rendait visite l'été.

Une pharmacie a remplacé la maison, les petites pilules et les antidépresseurs ont piqué la place aux vodkas et aux cafés serrés. Ici, Pina exerçait ses pointes année après année, dans la pièce basse sous les toits. C'est grâce au bistrot qu'elle est entrée au ballet. Les employés du théâtre de Solingen venaient déjeuner à l'auberge. Pina ne faisait que danser, elle traversait la pièce et crapahutait comme une petite cinglée. Alors que les gens se goinfraient, Pina s'allongeait au sol sur le ventre, ramenait ses jambes le long de ses joues. Elle voulait les impressionner. Une fois, cela avait marché. Les gens du théâtre lui avaient dit, jeune fille, tu es contorsionniste ou bien enfant serpent ?

Au troquet, ses parents servaient du schnaps et des liqueurs aux plantes, ils préparaient le goulasch sur des quignons de pain que Pina a mangés toute sa vie sans jamais s'écœurer. Des plats copieux du pays, assiettes d'épinards, haricots jaunes, œufs au plat, patates vapeur, saucisses crues, saucisses bouillies. Je regarde par la vitre en m'appuyant sur les mains, je cherche une assiette, un tablier, une chaise sur laquelle se balançait Pina. J'essaie de remonter dans le temps. Ma vue se plombe d'un coup. Pina n'est plus là.

En rentrant, j'accepte finalement la proposition de Ben.

La session d'hypnose a lieu un matin. Je rejoins Ben chez lui, je m'étonne de son appartement cossu où tout est rigoureusement rangé, astiqué dans les coins. S'il voyait le mien, il préviendrait la garde montée. Ben me met à l'aise, m'accueille dans son salon chauffé au feu de bois, une tasse de café fumant dans la main. Il m'explique le déroulement de la séance, tout sera facile, comme un endormissement. Il me dit de choisir mon fauteuil préféré, de me faire une place. Ben s'installe face à moi, le visage sérieux et assoupli. Son pantalon de velours me fait sourire. Il me regarde, me demande de fermer les yeux, il me dit, tu ne fais rien. Tu ne fais rien. Tu ne fais absolument rien. Tu aimes ne rien faire. Tu entends ce qui se passe, lentement. Tu ne fais rien.

J'écoute la voix de Ben attentivement. De légers allers-retours avant la descente. La voix y va progressivement. J'oublie mes mains moites et les picotements dans mes doigts. Je m'endors. Ben me pose une question. Une seule. Qu'aimerais-tu faire maintenant ? À l'intérieur, j'entends une réponse floue. Je dis, naître.

Ben me parle. Sa voix me guide dans le noir et me donne des images auxquelles m'accrocher. Je ne retiens pas tout, j'oscille entre la vie et le sommeil. J'en vois certaines qui grandissent dans mon ventre. Des images se révèlent. Les cheveux gris de la fermière. La danse, toute petite. Les cartes anonymes de mon amant Gaspard. Tous les souvenirs se remettent à leur place. Bruno est là. Il est venu. Il a frappé à ma porte. Il est habillé d'un polo bleu ce soir-là. J'ai trente ans et je suis enceinte jusqu'aux dents.

C'était un vendredi plutôt tard. Bruno était à Paris pour une semaine. Il avait fait le chemin, il avait trouvé une petite mission d'intérim pour être là quand l'accouchement arriverait. J'avais dit non pour se voir, il avait insisté. Il ne me dérangerait pas, il avait réservé une chambre dans le Formule 1 près du périph.

Bruno avait réfléchi après mon coup de fil à mi-parcours de la grossesse, lorsque j'avais fini par lui annoncer la nouvelle. Désormais Bruno était prêt, Bruno voulait être père. Mais j'avais changé d'avis. Je voulais élever seule mon fils. Je me suis montrée ferme, il fallait qu'il comprenne.

Quand il m'a rendu visite, Bruno a tenté un rapprochement. Il voulait m'inviter au restaurant. J'avais si faim ce jour-là que j'ai accepté. Il m'a pris la main pendant le dîner. On allait être une famille, lui et moi, c'était écrit là-haut, il suffisait que je lâche prise. Mais j'ai repoussé Bruno.

Après le dîner, j'ai réfléchi. Je ne voulais plus que Bruno soit là. Il fallait être raisonnable. J'avais peur de craquer, de lui dire oui, j'avais peur qu'on rate le coche tous les deux, qu'on s'aime trop fort et trop mal, qu'on gâche la vie du petit à force d'engueulades et de détachement. Je l'ai invité à boire une bière ce vendredi soir, pour lui annoncer mon choix. Bruno l'a très mal pris. La dispute était violente, Bruno voulait taper les murs, son poing cherchait les angles durs. Je commençais à avoir mal au ventre. Mais j'ai rien dit. Bruno est reparti et m'a laissée seule dans l'appartement.

J'ai calmé mes nerfs dans la cuisine. J'ai sorti les coupons de réduction. Je suis allée allumer la télé pour briser le silence. Pas de chance, Dalida paradait dans une robe de sequins. Il était 23 heures, les contractions ont débuté.

J'ai pris les clés et suis descendue en trottant. Bruno était en bas, au volant de son camion à l'arrêt, la tête posée contre la vitre. Il m'a vue traverser la cour, il est sorti, m'a appelée plusieurs fois alors que je l'ignorais. J'ai pris le volant de ma voiture, le visage défait et douloureux. Il a tout de suite compris que le bébé arrivait. Bruno s'est approché, il a insisté pour conduire. Il voulait au moins faire ça pour moi, m'amener à la clinique, m'accompagner. Rien que ça, promis. J'ai accepté. Sur la route, la trouille bouillonnait au fond des veines, j'ai dit des choses horribles.

Bruno conduisait, il fumait nerveusement, il tirait des bouffées par série, la cigarette à la fenêtre pour ne pas m'intoxiquer. Il faisait nuit tout autour, j'apercevais le visage froncé de Bruno quand il pinçait sa cigarette rouge. J'ai continué à l'accabler.

Ma peur était profonde, elle était noire et bête, j'avais simplement besoin d'éloigner celui que j'aimais. Je l'ai pris entre quat'z'yeux, j'ai répliqué, tu seras jamais un père, Bruno.

À cette réplique, sa tête s'est tournée vers la mienne. Bruno m'a regardée comme un gosse triste. Il ne regardait plus la route. C'est là que c'est arrivé. La voiture a freiné net, mais c'était trop tard. La cigarette de Bruno est tombée sur le siège en brûlant le cuir. La ceinture m'a maintenue sans mal. J'ai fixé droit devant. Il y avait cette silhouette étendue sur la route. Une silhouette floue, allongée près d'une cigarette encore brûlante. Il faisait nuit déjà, on distinguait mal. Un silence tout autour. J'ai regardé le corps, il était inerte, il devenait dangereux. Sa tête était repliée sur elle-même, la nuque sombre sur le goudron. Un frisson de froid s'est emparé de mes muscles. Des images terribles se sont mises à défiler jusqu'à ce que je m'évanouisse.

À mon réveil, la nuit était pleine, j'étais encore allongée sur la banquette arrière, la main sur le bébé. J'étais seule dans la voiture, Bruno avait fichu le camp. Je ne reconnaissais pas l'endroit, Bruno nous avait conduits ailleurs. Je ne sentais plus rien, pas même le petit. J'ai commencé à avoir peur. J'ai pensé qu'il était mort, que j'avais tué l'enfant dans mon ventre. La sensation s'est nichée en moi jusqu'à aujourd'hui. J'étais la tueuse de mon bébé. Bruno a alors ouvert la portière. Il m'a regardée avec intensité, il m'a dit que tout allait bien se passer, qu'il finirait de régler ça après l'accouchement. La voiture sentait le tabac froid, cela m'écœurait. Bruno a posé un chiffon et une longue couverture sur le siège à côté et il a redémarré. Je l'ai regardé sans rien dire, la bouche vide, effrayée. En passant, j'ai aperçu l'entrepôt dans lequel il travaillait depuis peu. L'avenue, les bric-à-brac, les boucheries halal à quelques pas de chez Kader. Le long de l'entrepôt, il y avait des camions garés, le hangar était fermé, un espace vide illuminé par des néons. J'ai compris que Bruno y avait déposé le corps mais il ne m'a rien dit. Il m'a conduite à la clinique, il s'est dépêché, mutique, son regard fixait la route. Il essayait de montrer qu'il n'était pas tétanisé. Pendant le trajet, les contractions ont repris, le bébé était bien vivant mais Bruno ne s'est pas retourné pour me calmer, j'apercevais ses yeux blancs exorbités dans le rétroviseur et ses mains enflées sur le cuir du volant. Il était habité par la peur.

Quand il s'est garé, Bruno a prononcé cette phrase. Je l'entends parfaitement désormais. Les contractions avaient repris de plus belle, j'étais en train d'ouvrir la portière lorsque Bruno s'est tourné vers moi et m'a dit, d'accord, Clémentine, c'est la dernière fois que tu me vois.

Et j'ai glissé dans les fleurs.

Sur scène, la danseuse affronte Barbe-Bleue. Elle le fait comme elle peut, elle crie, elle bavasse, il est un silence alors qu'elle veut du bruit.

Cela s'est passé autrefois. Vous n'avez pas à savoir quand, pas plus que le lieu où cela s'est passé.

Ah, dites-vous.

Une légende, vous demandez. Il est bon de savoir ce qu'elle veut dire en vérité. Il me faut vous le dire. La vérité n'est que fumée. Vous me regardez. Je vous vois. Grand ouvert, le rideau. Vous cherchez la scène ?

Restons-en là, chers amis. Ne commencez pas à poser des questions qui jamais n'en finiraient. La vie est un rapiéçage.

C'est là devant nous, de notre fait, mais ça nous échappe. On ne sait pas ce qui se passe. On préfère ne pas savoir. On ne remarque rien soi-même.

Avec Bruno, nous avons renversé quelqu'un et nous nous sommes enfuis. Ma lâcheté est un crime. Bruno a porté la charge, il m'a abritée, m'a sauvée du ravin et tant pis pour sa chute. J'y repense maintenant mais je dois me taire, je ne mettrai pas la vie de Barnabé en danger. C'est le dernier ballet filmé de Pina qu'il me reste à voir. J'ai acheté le DVD chez un disquaire de Wuppertal spécialisé en arts. Le vendeur m'avait l'air d'une pointure, je reconnaissais le nom des pièces de ma Pina quand il parlait. Dans sa langue, c'était vachement beau, ça faisait vrai. Le ballet s'appelle *Arien*. Cela veut dire, aucune idée. À moi de trouver pour une fois. Assise sur le lit trop mou de l'hôtel, des sueurs perlent dans ma nuque, je lance la lecture du spectacle. Mon derrière s'enfonce comme dans des sables mouvants, j'ai pas peur, je me rattrape tant bien que mal à la vieille courtepointe en crochet.

Avant de découvrir le dernier spectacle de Pina, j'ai écrit à mon fils, j'ai voulu lui dire. Une petite lettre où je m'adresse à lui. Barnabé est là devant moi, ses yeux pâles et arrondis, ses mains rebondissent sur mes cuisses quand je lui raconte ce qui s'est passé les heures avant son arrivée. Je lui parle de lui et de moi, de ce qu'on a vécu, peut-être qu'on le revivra, un jour, dans longtemps, peut-être qu'on se retrouvera tous les deux, parce que l'amour ça rebondit, ça s'infiltre, ça disparaît pas comme ça. Je lui décris Bruno, sa gentillesse, son amour des enfants, sa voix grave et ses yeux doux, je lui avoue qu'il aurait été un bon père mais que cela n'a pas été possible. Quand il me lira, Barnabé me détestera d'abord, ce sera épais comme des couches de rancœur. Ce sera de la braise, mais un jour Barnabé comprendra mon geste. Maintenant, je suis prête. Faire mes adieux à Pina. Je suis contente d'en arriver là.

Plateau désert. La scène est recouverte d'une nappe d'eau. Au fond, une coque de bateau échouée, les danseurs entrent, les pieds dans l'eau. Ils prennent les devants et se dispersent comme de gros cancrelats. Ils avancent, ralentis par la masse de l'eau autour d'eux, leurs habits s'allongent, se déforment, font réapparaître leur peau. En dessous on voit des nombrils, des frissons durs, on reconnaît les formes. Ils se préparent pour le ballet. Les danseurs s'installent, se maquillent face au public, ils fument, répètent entre eux, ils chauffent leurs muscles à coups d'étirements à côté d'un faux hippopotame.

Pina a dit une fois, tu ne peux rien lire là où il n'y a rien, les choses invraisemblables sont pourtant là.

Les danseurs se placent sur les côtés de la scène, ils murmurent une comptine, *Maintenant nous irons au lac*. Les danseurs chantent chacun à leur tour en enlevant un mot des paroles. Celui qui oublie de le retirer est éliminé.

Les hommes s'alignent, ils habillent les femmes, ils lisent à haute voix des articles de presse et gonflent la mâchoire pour savoir qui crachera le plus loin. Je les reconnais bien là. Dans la salle, quelqu'un se lève soudainement. Un spectateur au fond des tribunes. Il est en colère. Il met sa jambe par-dessus le balcon, il veut sauter. Il veut se jeter à terre. Les gens paniquent. Les danseurs le regardent, John fais pas ça, déconne pas, John, descends !

L'homme retourne finalement sur scène. La troupe se force à rire. J'imagine Pina assise à sa table, douce et concentrée, ses yeux rieurs quand le danseur improvise son suicide raté. Pina qui regarde sa troupe comme une fillette, Pina qui les guide, allez, mes danseurs, faisons-leur peur cette fois, faisons-leur croire, essayez mes petits danseurs.

En toute fin du spectacle, un photographe vêtu d'un costume se prélasse. Il y a de la musique joyeuse tout autour. Face à son objectif, les gens viennent prendre la pose. Les hommes en noir et les femmes dans leurs petites robes bien moulantes. Des vacanciers sourient. Des couples, des familles. Des gens qui s'aiment sans contre-vérités. Le photographe fait la photo, on voit l'amour sur le cliché brillant. Elle est une trace. Le monde s'agglutine devant lui, sourit, lèvres gonflées, cul-de-poule, les gens sont capturés au hasard, le photographe observe la salle. Il s'avance vers l'un des rangs. Il s'immisce, se fait une place, pardon, pardon, excusez-moi, et il tend l'objectif contre son visage. Entouré d'inconnus, le photographe appuie sur le déclencheur à retardement. Clac.

Sur la photographie, on le voit lui, cet homme heureux comblé par ses amis. Ce sont ses amis proches, la photo est la preuve.

La preuve que rien n'existe comme on l'imagine.

La mère est la seule personne qu'on ne rencontre pas. C'est une chose impossible. La mère est un enfouissement. Une vibration sourde à l'intérieur. Pina c'est pareil, je la ressens vivante en moi. J'ai gobé sans mâcher, j'ai pas peur que ça foire, Pina est enracinée. Maintenant je ne crois plus au génie. Pina était danseuse et chorégraphe. Elle a fait naître mon fils. Mes organes remuent, ça cogne fort. Je connais son histoire sur le bout des doigts. Elle ressemble à la mienne. Pina dansait. Pina s'amusait, s'énervait, suait, soufflait. Elle racontait à la place des gens. Surtout elle était une femme qui n'a pas pu vivre comme les autres.

C'est fini, Pina dirait. Partez maintenant, allez-vous-en.

Dans les rues étroites de Wuppertal, je me promène en imaginant les quarante années de Pina passées ici, dans ces venelles, le long des immeubles platinés, tout en vitres et en béton plat. C'était sa vie d'usine, sa routine, elle pointait chaque matin, sa badgeuse était invisible. Elle est partie aux quatre coins du monde mais à chaque fois elle a choisi de revenir. Je pense à Bruno et à Barnabé, à ce qu'ils endurent par ma faute. Je m'arrête dans l'un des squares dont la ville est criblée, Pina y emmenait peut-être son fils pour le faire jouer. C'est étrange, je n'ai jamais pensé à lui. Ce que l'enfant a vécu, comment il a grandi avec une mère à part. Je ne me souviens plus, comment s'appelle-t-il déjà ? Je me demande si un jour j'oserai interroger Bruno sur ce qu'il a fait cette nuit-là pour moi.

Le spectacle est terminé, rentrez chez vous.

Square après square, je prends conscience que Pina était aussi une mère. Comment était-elle, est-ce qu'elle l'allaitait, son fils ? Est-ce qu'elle l'envoyait à la colonie au mois de juillet, est-ce qu'ils jouaient tous les deux, au morpion, au petit train, est-ce qu'elle lui laissait les cheveux longs parfois parce que c'est beau aussi et quand on les peigne, ça forme de l'espoir ?

Étaient-ils proches elle et lui ? Une mère digne qui essuie les assiettes sales et les déceptions, est-ce qu'elle lui écrasait ses steaks hachés pour qu'il ne s'étouffe pas, peut-être qu'elle lui inventait des blagues, qu'elle jouait avec lui, des petites peurs en douce, des cache-cache dans les parcs ? Est-ce qu'elle l'engueulait aussi ? Est-ce qu'elle dérapait parce que, comme nous, les mots dérapent, ils sont vivants les mots, la langue qui fourche comme celle de ma mère au fond du bistrot ? Est-ce qu'elle lui disait, regarde tu te tiens mal, fais attention, tu pourrais faire mieux, tu fais exprès, tu fais mal, tu ne m'aimes pas.

Éteignez la lumière, s'il vous plaît.

Je marche près de la rive, longeant la Wupper bercée par des nuées sombres de bosquets, j'observe ces bois et ce vert de ville à perte de vue. Il y a tellement de choses que je n'ai pas dites à mon fils. Il faut accepter de se retenir. Les silences, il vaut mieux parfois ne pas les fendre.

Le fils de Pina s'appelle Rolf Salomon. Elle raccourcissait pour faire simple, elle l'appelait Salomon. J'ai vu quelques photos du visage du garçon. Il lui ressemble, c'est magique. La couleur profonde des yeux, les traits fragiles, purs, énigmatiques. C'est magique d'enfanter.

Est-ce que Pina s'occupait de lui ? Est-ce qu'elle pouvait s'occuper de lui alors qu'au même moment elle se tuait à la tâche sous les projecteurs ? Est-ce qu'elle le caressait le soir quand son garçon se reposait sur ses cuisses effilées de danseuse ? Savait-elle lui parler, lui dire des choses qui restent quand on grandit, des choses qui ne fanent jamais ? L'écoutait-elle quand Salomon parlait de filles ou de ses matchs de tennis perdus mais c'est pas grave, il vaut mieux participer tu sais ? Est-ce qu'elle faisait tout ça ? Le conduire chez le docteur pour ne pas le laisser tousser, assister à ses kermesses, organiser ses goûters, lui apprendre la nage et faire ses lacets ? Lui arrivait-il de culpabiliser de son absence, lui achetait-elle des cadeaux pour le réconforter, pour être aimée du fils unique, des jouets tordus et des motos en plastique qui font du bruit quand on y met des piles ? Est-ce qu'elle culpabilisait parfois pour tout ce qu'elle ne faisait pas ?

Mais, surtout, est-ce qu'elle l'aimait comme elle aimait sa danse ? Ses pas, sa scène, sa troupe qu'elle choisissait pour la vie à la place de la sienne ? Pouvait-elle aimer son enfant plus que tout ça ? Même autant ? Juste autant ? Autant que sa chair de danseuse.

Je me demande ce que son fils lui disait. Ce garçon fragile qui grandissait, se posait des questions, regardait sa mère silencieuse depuis les gradins où elle s'inventait des mondes. Mais est-ce qu'il lui en voulait ? Quand Pina travaillait, qu'elle ne rentrait jamais, quand elle voyageait des mois entiers, des résidences au Japon, des ballets au Chili, est-ce que, dans sa tête, il grandissait sans elle, sans mère, comme celle que je n'ai jamais connue, celle qui m'a faite, celle qui m'a déposée loin d'elle ?

C'est fini, la scène est vide. Personne ne parle de Salomon. Personne ne parle de tous ces enfants qui restent.

Elle devait se douter, Pina. Le vide qu'elle laissait derrière elle. L'abandon, la carence. Elle ressentait les choses mieux que tout le monde. C'est elle qui m'a tout appris, elle m'a fait aimer comme personne. Elle m'a montré tous les gestes et comment les dire. Pina ne se sentait pas coupable pour son fils. Elle faisait son travail. Elle parlait d'amour dedans. Elle ne serait pas là pour son petit garçon, Pina s'était faite à l'idée. Une mère absente, une mère maladroite, elle avait accepté. Elle m'a fait l'accepter à mon tour. Pina savait que pour certaines d'entre nous, c'était le prix à payer.

Pina, elle, savait que c'était ça, surtout. La maternité.

Remerciements

Ce livre serait peu de chose sans Théo et son bon goût, lui qui m'a fait découvrir la danse de Pina il y a six ans. Merci à Lucile avec qui j'ai vu *Nelken*. Premier ballet, première foudre. À mon entourage, Justine, Bastien, Camille, Jérôme, Aurélie, Julia, mes chers lecteurs de la première heure et les autres, juste parce qu'ils sont là. Je remercie aussi mes éditrices, Céline T., dont l'engouement a été immédiat, et Pauline F., pour sa finesse, sa complicité et son soutien si précieux. Je remercie également Élisabeth S. pour avoir parlé du livre comme personne. Je remercie aussi Laurence Crosnier et la résidence des Nouvelles Hybrides chez qui cette histoire a germé. Merci à François M., mon éditeur jeunesse, pour sa présence. Merci évidemment à ma famille, Aurore, ma sœur, pour ses petits mots au quotidien, et mon autre famille de la Croix-Rousse.

Un merci indispensable pour les confidences de Mechthild Grossmann, Dominique Mercy, Bénédicte Billet et Jo-Ann Endicott, à toute la troupe merveilleuse du Tanztheater Wuppertal et, aussi, au Théâtre de la Ville, fidèle et dévoué à Pina, comme un amant. Ce livre doit également beaucoup aux photographies splendides de Guy Delahaye et à celles de Walter Vogel, aux écrits d'Anne Linsel, Brigitte Gauthier, Raimund Hoghe, Jean-Paul Chabrier, Norbert Servos et, enfin, Salomon Bausch.

Enfin, merci à elle. Pina. Merci d'avoir été impensable. Merci d'avoir inventé. Merci d'avoir osé. Comme dirait Marie Darrieussecq au sujet de Paula Modersohn-Becker, une autre Allemande de talent :

J'ai écrit cette histoire, parce que cette femme que je n'ai pas connue me manque.

C'est aussi vrai que ça.

Éditions Belfond
12, avenue d'Italie
75013 Paris

Canada :
Interforum Canada, Inc.
1055, bd René-Lévesque-Est
Bureau 1100
Montréal, Québec, H2L 4S5

ISBN : 978-2-7144-7573-2

MIXTE
Papier issu de
sources responsables
FSC® C003309
FSC
www.fsc.org

Composé par Nord Compo Multimédia
7, rue de Fives, 59650 Villeneuve-d'Ascq

Imprimé en France
par JOUVE, 1, rue Docteur Sauvé, 53100 MAYENNE

Numéro d'impression : 2476802Y
Dépôt légal : janvier 2017